Irma Siegl
Morgensonne im Tal

Irma Siegl

Morgensonne im Tal

Roman

rosenheimer

Neu überarbeitete Ausgabe
© 2006 Rosenheimer Verlagshaus GmbH & Co. KG,
Rosenheim
Titel der Originalausgabe: »Dunkel ist der Weg«

Bearbeitung, Lektorat und Satz:
VerlagsService Dr. Helmut Neuberger
& Karl Schaumann GmbH, Heimstetten
Titelfoto: Studio v. Sarosdy, Düsseldorf
Druck und Bindung: GGP Media GmbH, Pößneck
Printed in Germany

ISBN 3-475-53636-6

Es ist lange, lange her. Viele Monde sind gewachsen und wieder vergangen, Jahre über die Gipfel gezogen, Liebe gekommen, genauso wie Hass, Hoffnung und Schmerz. Alles ist verweht vom Wind der Zeit, doch hie und da ist ein Hauch von Erinnerung geblieben. Erinnerung – süß wie Heckenrosenduft in einer warmen Juninacht, bitter wie ein Pfirsichkern.

Da ist die Gestalt des Dominik Haberer, Bauer an der Lehn, auf dessen Leben ein dunkler Schatten ruht. Da ist Lena, zart und schön, die von einer Erfüllung ihrer Liebe träumt, aber der Schatten auf dem Leben des Vaters beeinflusst auch ihr Schicksal. Und da ist Anna, von einer lieblichen, süßen Schönheit. Sie glaubt, für immer das zu besitzen, was sie liebt. Doch es entgleitet ihr auf eine Weise, die sie nie und nimmer für möglich gehalten hätte. Und dann ist noch Klara da, die Erstgeborene im Dreimäderlhaus, herb und stolz, doch im Innern mit einer brennenden Sehnsucht nach der Welt draußen. Es sind auch noch andere da, deren Leben verwoben ist mit dem Leben der Leute vom Hof an der Lehn.

Über ihrer aller Gräber weht der Wind. Er kost im Frühling die zarten Blüten und zerpflückt sie im Herbst. Und wenn die Sonne untergeht, dann ist es wie ein Flüstern auf dem Kirchhof; dann finden sie zusammen und erzählen sich die Geschichten von Liebe, von Enttäuschung und Schmerz.

Nur einer ist immer noch am Leben: der alte Pfarrer, und es ist, als könne er nicht sterben, wo er es doch schon so lange wollte, als möge Gott ihn gar nicht haben. Süßer Duft von Harz und Nadeln in einer warmen Frühsommernacht – eine vage Erinnerung, die ihn nicht loslässt ...

Die Sommernacht war schwer von Duft und Wärme und Mondlicht. Anna konnte nicht schlafen. Um ihre Schwester nicht aufzuwecken, stieg sie so leise, wie es ihr möglich war, aus dem Bett. Auf halbem Weg zum Fenster hörte sie einen Laut aus der Stube nebenan. Es klang wie leises Stöhnen. Anna lauschte, und als sie den Ton wieder vernahm, ging sie zur Mutter hinüber.

In schrägen Silberbahnen kam das Mondlicht, am vorspringenden Dachgebälk vorbeiflutend, in die Stube wie eine silberne Leiter, die hinausführte, irgendwo in den Himmel hinein. Annas helle, blaue Augen wurden weit. Wäre es nicht wunderbar, in einem Gewand aus silbernem Mondlicht in den Himmel zu schweben?

Ein Stöhnen vom Bett her rief das Mädchen wieder in die Wirklichkeit zurück. Anna schaltete die Lampe an, die auf dem Nachttisch stand. Der Schein fiel auf das magere Gesicht der Bäuerin.

»Fehlt dir was, Mutter?«, fragte das Mädchen zärtlich.

»Mir ist so eng ums Herz, als hätte mir jemand einen Reifen aus Eisen darumgelegt. Und dann ist der Anderl in der Stube gestanden, ganz nass ist er gewesen und Schlingpflanzen waren in seinem Haar. Er hat mir gewunken und gesagt, ich soll kommen und ihn nicht so lang allein lassen.«

Die Bäuerin hatte sich aufgebäumt und starrte mit dunklen Augen ins Leere. Anna fasste nach ihren Schultern und drückte sie behutsam wieder in die Kissen zurück.

»Der Anderl ist doch schon seit zehn Jahren tot, Mutter. Er kann gar nicht in der Stube gewesen sein.«

»Doch, er ist da gestanden und hat mir gewunken! Und so traurig hat er ausgesehen.«

»Du musst jetzt schlafen, Mutter.«

»Komm, setz dich zu mir aufs Bett«, bat die Bäuerin. Anna ließ sich auf dem Rand nieder und spürte, wie die Mutter ihre Arme um sie schlang und sie an sich zog.

»Anderl, mein kleiner, lieber Anderl«, hörte sie das Flüstern an ihrem Gesicht. Dann kamen die Hände der Mutter und strichen zärtlich über ihr Haar, immer und immer wieder.

Ein kalter Schauer glitt über Annas Rücken. Die Mutter war schon seit ein paar Jahren nicht mehr so richtig im Kopf, und es war langsam immer schlimmer geworden. Oft redete sie konfuses Zeug, was aber noch zu ertragen gewesen wäre, hätten nicht in der letzten Zeit auch ihre Handlungen oft jeder gesunden Überlegung entbehrt. Es war schon vorgekommen, dass sie einen Kübel frisch gemolkener Milch einfach draußen vor dem Stall wieder ausgeschüttet hatte. Manchmal zündete sie eine Kerze vor dem Stubenfenster an mit der Begründung, Anderl würde bald kommen und sonst nicht heimfinden, wenn keine Kerze brenne. Tagelang war sie dann fast wieder so wie alle anderen gesunden Leute, bis sie plötzlich wieder wirres Zeug redete.

»Sei still, Mutter, sei still! Der Anderl ist tot!«

Oder war er vielleicht doch nicht tot? Lebte er auf irgendeinem Stern und kam des Nachts herunter, um die Mutter zu besuchen?

Anna schloss ein paar Herzschläge lang die Augen. Jetzt fürchtete sie sich fast vor sich selbst, denn oft ertappte sie sich bei seltsamen Gedanken. Mit einer entschlossenen Bewegung befreite sie sich aus den Armen der Mutter, stand auf und löschte das Licht.

»Jetzt machst du die Augen zu und schläfst schön, Mutter«, flüsterte sie und zog ihr die Decke über die Brust. Dann ging sie durch die Verbindungstür in ihre Kammer zurück, ließ aber die Tür einen Spalt offen.

Die Kammer lag hell im Mondlicht. Jedes Möbelstück war zu erkennen. Anna trat ans offene Fenster und blickte hinaus. Meistens konnte sie nicht schlafen, wenn der Mond schien. Er übte eine fast magische Anziehungskraft auf sie aus. Schmal und zart stand sie in dem grobleinenen Nachthemd am Fenster, und das aufgelöste, helle Haar umflutete ihr Gesicht wie ein silberner Strahlenkranz.

Anna spürte eine seltsame Schwere im Kopf. Sie konnte nicht mehr in der Kammer bleiben und noch weniger ins Bett zurück. Sie musste hinaus. Schnell schlüpfte sie in ihren alten Morgenmantel und in die Pantoffel, die aus Flicken genäht waren. Vorsichtig und leise ging sie die Treppe hinunter und verließ den Hof. Und als sie draußen war und den weiten Nachthimmel über sich sah, verschwand die Schwere im Kopf. Die Luft war mild und duftete nach Gras, nach Nadelholz und Sommerblumen.

Die Heimat, dachte Anna, es ist unsere Heimat! Dann wandte sie sich ab und lief schnell davon, als könne sie in letzter Minute vom Vater oder von einer der Schwestern zurückgerufen werden.

Anna liebte diese Mondnächte über alles. Sie war

schon öfter hinausgelaufen und hatte ihren Lieblingsplatz am kleinen See aufgesucht oder sich auf die Bank am Waldkreuz gesetzt. Aber heute war es zum ersten Mal, dass sie im Nachthemd hierher kam. Nach einer Weile wurde ihr das bewusst, als sie nach unten schaute und sah, wie das weiße Leinen unter dem Mantel hervorblitzte. Aber jetzt wollte sie nicht mehr umkehren. Wer würde ihr schon begegnen? Höchstens eine Katze oder ein Hund.

Als Anna den See erreichte, blieb sie stehen. Auf dem dunklen Moorwasser, das auf drei Seiten von schwarzem Wald umsäumt war, lag eine breite Bahn von flüssigem Silber, die unter einem leisen Windhauch ganz fein zu zittern schien.

Plötzlich aber hatte das Mädchen das Gefühl, nicht mehr allein zu sein. Sie hatte sich auf ihren Spaziergängen noch nie gefürchtet, aber jetzt kroch ihr mit einem Mal eine leise Angst ins Herz, als sie auf dem Uferweg eine hohe Männergestalt auf sich zukommen sah. Das Gesicht war nicht zu erkennen. Anna wäre am liebsten fortgelaufen, aber ihre Füße klebten am Boden, als hätte man sie mit Leim festgemacht. Sie wollte fliehen, aber sie konnte es nicht. Dann stand der junge Mann vor ihr, und ein Stein fiel ihr vom Herzen, denn nun erkannte sie sein Gesicht: Es war Markus, der Sohn vom Eggerhof.

»Bist du eine Fee?«, hörte sie ihn fragen. »Oder bist du ein Traumgebilde, das sich gleich in Nichts auflösen wird?«

Seine Worte überraschten sie und machten sie verlegen, vor allem, als sie daran dachte, dass sie nur ihr Nachthemd trug. Mit beiden Händen fasste sie den Morgenmantel am Hals und zog ihn dicht zusammen.

»Ich bin doch die Anna.«

Er war einen Schritt näher gekommen.

»Nein, du bist wirklich eine Fee, und dein Haar ist aus lauter Silbergespinst.«

Er fuhr mit der Hand hinein und breitete es aus. Anna wagte kaum mehr zu atmen. Seine Stimme klang so seltsam, so fern, als wäre er gar nicht hier. Sie wurde von ihr eingehüllt wie von weicher, seidiger Watte. Sie spürte den Boden unter den Füßen nicht mehr, und es war, als hielte sie ein Traum umfangen.

»Komm!«, sagte er, und sie spürte seine Hand, wie sie die ihre umschloss. »Es ist so eine schöne Nacht.«

Sie gingen den Weg am See entlang, und nach einer Weile blieben sie stehen.

»Ist nicht alles so unwirklich hier, so, als könne es so viel Schönheit gar nicht geben? Und du, mit deinem offenen Haar und deinem weißen Nachtgewand? Ich hab dich noch nie so gesehen. Und erwachsen bist du auch geworden. Komm, zieh deinen Mantel aus!«

»Meinen Mantel?«, fragte sie erschrocken.

»Ja, deinen Mantel.«

Sie handelte wie unter einem Zwang, konnte seinen Worten nicht widerstehen. Seine Hände fassten zu und streiften ihr den Mantel ab. Achtlos ließ er ihn fallen.

Seine dunklen, zwingenden Augen starrten sie an.

»Du bist wunderschön!«, flüsterte er, »und wirklich eine Fee. Und jetzt musst du die Arme heben und tanzen! Wart, ich spiel dir ein Lied dazu!«

Markus Egger holte seine Mundharmonika aus der Tasche und spielte, und Anna hob wirklich die Arme und drehte sich langsam im Kreis. War es ein Traum, und lag sie nicht in Wirklichkeit daheim im Bett? Aber da waren der silberweiße Mond, das schwarze Waldufer und der See mit einer breiten Lichtbahn auf den Wellen. Und irgendetwas wehte sie an, etwas Unnennbares, etwas unsagbar Trauriges und Süßes zugleich. Jäh hielt sie inne. Tränen stürzten aus ihren Augen und Schamröte stieg ihr brennend ins Gesicht. Hastig bückte sie sich nach ihrem Mantel, raffte ihn auf und lief davon, als wäre der Teufel hinter ihr her.

»Anna! Fee, so warte doch!«, hörte sie Markus rufen. Aber sie reagierte nicht darauf. Sie wollte nach Hause, wollte sich in ihrem Bett verkriechen.

»Anna!«

Da war Markus schon bei ihr, fasste sie an den Armen und hielt sie fest.

»Aber du weinst ja!«, stellte er betroffen fest und wischte ihr die Tränen vom Gesicht. »Komm!« Er griff nach dem Mantel und hüllte sie darin ein. »Und jetzt weinst du nicht mehr.« Seine Hand strich zärtlich über ihr Haar. Und da sank sie einfach gegen seine Brust, sie konnte nicht anders. Seine Arme hielten sie fest, und dann küsste er sie plötzlich.

»Meine kleine Fee«, flüsterte er zwischen seinen heißen Küssen, »meine kleine, silberne Fee, die mir der See geschenkt hat.«

Er zog sie auf die Bank, die aus rauen Stämmen gefertigt war und am Ufer stand. Er legte seinen Arm um ihre Schulter, und sie schauten auf die Lichtbahn hinaus, die ein Stück weiter gewandert war.

»Ich hab dich wirklich zuerst nicht erkannt«, sagte er dann. »Du bist so schön geworden, Anna.«

»Ich hab dich schon erkannt, obwohl du noch größer geworden bist und stärker.«

»Zwei Jahre bin ich nimmer daheim gewesen. Aber jetzt bin ich mit der Schule fertig, hab mein Abitur gemacht und bleib während der ganzen Sommerferien hier bei meinen Eltern.«

»Nur während der Ferien und dann nimmer?«

»Dann muss ich doch auf die Universität.«

»Auf die U... ni...«

»...versität, ja, ich will doch Arzt werden.«

»Arzt? Ein Doktor?« Anna wurde plötzlich seltsam bang, und sie wusste nicht, warum. »Dann bist du wieder nimmer zu Hause?«

Markus lächelte. »In den Semesterferien komme ich, und dann gehen wir wieder hier am See spazieren, so wie wir's von heut an noch öfter tun werden. Magst du?«

Anna nickte eifrig. Dann schlang sie ihre Arme um seinen Hals und schmiegte sich an ihn.

»Und wenn du ein Doktor bist, kommst du dann wieder hierher?«

Er schüttelte den Kopf. »Nein, dann bin ich in einer großen Stadt an einem Krankenhaus und muss viel lernen. Aber später, später löse ich vielleicht den alten Doktor hier ab.«

»Dann bist du für immer da?«

Er nickte. »Dann bin ich vielleicht für immer da.«

»Und du wirst mich nicht vergessen?«

»Aber, Anna, was reden wir da für dumme Dinge! Bis dorthin ist es noch sehr weit, und viele Jahre werden vergehen, viel Wasser den Wildbach hinunterfließen.«

»Viel Wasser den Wildbach hinunterfließen«, wiederholte sie und schloss die Augen.

Warum war es so schön bei ihm? Warum wäre sie am liebsten nicht mehr nach Hause gegangen? Markus! Sie hatten öfter zusammen gespielt, als sie noch Kinder gewesen waren. Aber jetzt waren sie keine Kinder mehr.

»Wie kommst du überhaupt im Nachthemd hier an den See?«, fragte er nach einer Weile.

»Ich hab nicht schlafen können. Es ist immer so, wenn Vollmond ist, und da hab ich mir den Mantel übergeworfen und bin hinausgegangen.«

»Das darfst aber nicht wieder tun. Stell dir vor, wenn an meiner Stelle ein anderer, ein Fremder, dahergekommen wäre und dir was getan hätte!«

»Du hast mir doch auch was getan!«

»Was getan?«

»Ja. In die Arme hast mich genommen und geküsst, ohne vorher zu fragen!«

Jetzt lachte Markus. »Da fragt man vorher nicht.«

Er zog sie fest an sich und küsste sie wieder.

»Du bist doch noch ein ganz kleines Mädchen«, flüsterte er dann.

»Und du ein Bub! Bist doch höchstens neunzehn!«

»Ich werd schon zwanzig.«

Anna sah sein schmales, ebenmäßiges Gesicht vor sich, mit den dunklen Augen darin, in denen noch immer das Licht brannte, und eine Welle von Liebe überströmte sie.

Wie war so etwas möglich? Zwei Jahre hatte sie ihn nicht mehr gesehen! Kinder waren sie gewesen, und jetzt? Jetzt war ganz plötzlich die Liebe zu ihr gekommen, süß wie Honig, schön wie eine Rosenknospe!

Doch lange grübelte Anna nicht darüber nach. Das Leben war schön! Sie spürte Markus' starke Arme, seine Hände, die in ihr Haar fuhren und es durch die Finger rieseln ließen.

»Es ist wirklich wie Silber, dein Haar. So helles hab ich noch nie gesehen. Als du noch kleiner warst, ist es mir nicht so aufgefallen wie jetzt, wo du erwachsen bist. Meistens bleibt das Haar nicht so hell, aber deins ist so geblieben.«

Er presste ihren Körper an sich, sein Atem ging plötzlich heftiger.

»Ich glaub, ich liebe dich, Anna ...«

»Ich dich auch, Markus«, flüsterte sie zurück.

»Du bist meine Fee, und diesen Namen wirst nun immer behalten, denn wie eine Fee hast ausgesehen, als ich dich vorhin getroffen hab.«

Sie saßen lange, lange auf der Bank und merkten nicht, wie die Zeit verging. Doch schnell entfloh sie, die Zeit. Flüchtig jede Minute, jede Stunde, und nichts gab es auf der Welt, was vergangene Stunden wieder zurückzubringen vermochte.

Markus streckte seinen Arm aus. »Schau, die Lichtbahn auf dem Wasser – sie wird immer breiter!«

»Ja, der Mond fängt jetzt an, unterzugehen.«

In den Bäumen war mit einem Mal ein leises Flüstern, die Oberfläche des Sees begann sich leicht zu kräuseln, und das Silberlicht fing an zu flirren.

»Der Wind ist aufgewacht«, sagte Anna wie im Traum, denn noch immer war es ihr, als wäre dies hier nicht Wirklichkeit. Konnte so etwas überhaupt Wirklichkeit sein?

Der Wind wurde stärker. Einem fernen Summen gleich hörte es sich an, das am Wald entlang ging und langsam anschwoll.

»Ja«, erwiderte Markus, »und jetzt müssen wir heim. Es ist sicher schon spät.«

Er warf einen Blick auf seine Armbanduhr: »Ja, es ist sogar sehr spät.«

Noch einmal nahm er Anna in seine Arme. Sie spürte seine Lippen, die heiß waren und trocken, und seine Hände, die wieder in ihr Haar griffen. Dann erhoben sie sich und gingen nach Hause. Ihre dunklen Schatten wanderten vor ihnen her.

Vor dem Hof an der Lehn stellten sie sich unter einen Apfelbaum. Anna schmiegte sich an Markus und legte ihre Hände an seine Brust. Er lächelte auf sie herunter.

»Sehen wir uns morgen wieder?«

Anna nickte. »Morgen Abend? Vielleicht auf der Bank am Waldkreuz? Dort bin ich oft.«

»Ja«, nickte er, und dann huschte sie leise ins Haus. Sie eilte in der Kammer ans Fenster, und da sah sie Markus aus dem Schatten des Apfelbaumes treten. Sie hob die Hand und winkte ihm zu.

»Wem winkst du denn da?«

Anna fuhr herum. Die Schwester saß aufrecht im Bett und starrte sie an.

»Ich – ich ...«

»Brauchst gar nicht so herumzustottern. Ich hab gesehen, dass du nicht im Bett bist, schon vor einer Stunde, und ich hab deswegen nimmer einschlafen können.«

»Du weißt doch, dass ich manchmal noch draußen spazieren geh.«

Sie hängte den Mantel in den Schrank und schlüpfte ins Bett.

»Aber nicht im Nachthemd«, sagte Lena. Sie hüpfte aus dem Bett und kam zu Anna herüber. Ihre Augen leuchteten.

»Sag's mir, mit wem du dich getroffen hast! Ich erzähl niemandem davon!«

Das Leuchten in Annas Augen verstärkte sich.

»Mit dem besten Menschen, den es auf der Welt gibt!«

Lena rückte etwas näher. »Und wer ist das?«

Anna lächelte. »Errat's!«

»Das rat ich nie!«

»Den Markus Egger hab ich getroffen, aber nicht absichtlich. Er ist mir plötzlich auf meinem Spaziergang begegnet.«

»Und ihr habt euch geküsst, gelt?«

Anna fühlte, wie ihr die Röte ins Gesicht schoss.

»Wie kommst du da drauf?«

Lena lächelte mit ihren neunzehn Jahren so wissend, als wäre sie eine reife Frau: »Man sieht's dir an!«

Anna legte unwillkürlich beide Hände ans Gesicht.

»Man sieht's mir an?«

»Du schaust so strahlend und glücklich aus, als wär dir das Christkindl leibhaftig begegnet.«

Von draußen, aus der Stube der Mutter, kam ein leiser Seufzer, und mit einem Mal erlosch das Glück in Anna. Die Mutter hatte Anderls Tod noch immer nicht verwunden, obwohl es nun schon so lange her war. Und sie war krank. Wie sollte das mit ihr noch werden? Anna spürte, wie plötzlich Angst in ihr aufstieg. Und es war nicht nur die Angst um die Mutter, sondern auch Angst um Markus, um sich selbst und um die Zukunft. Wie eine dunkle Wolke lag das alles vor ihr, und so sehr sie nach Freude und Glück in ihrem Innern suchte – sie fand es nicht mehr.

»Gute Nacht, Anna!«, rief die Schwester herüber.

»Gut Nacht, Lena!« Dann schloss sie die Augen. Hinter dem Dunkel der Lider stieg Markus' Gesicht empor, und sie sah seinen Blick, wie er gewesen war, als er sie in die Arme genommen hatte. Sie hörte seine zärtliche Stimme und wusste, dass das Wunder der Liebe zu ihr gekommen war. Morgen würde sie ihn wieder sehen! Morgen würde er sie wieder küssen! Morgen war ein neuer Tag!

Es war am Nachmittag, als Dominik Haberer zur Schlafstube seiner Frau hinaufging. Er schlief nicht mehr mit ihr zusammen, seit sich herausgestellt hatte, dass sie krank war. Jetzt stand er an ihrem Bett und schaute auf sie herunter. In seinen Augen stand ein Ausdruck von Gleichgültigkeit und Ablehnung.
»Was ist denn mit dir? Stehst heut gar nimmer auf? Wir haben viel Arbeit!«
»Es ist schön hier in der Stub'n, so ruhig, und ich kann meinen Gedanken nachhängen ...«
Elisabeth hatte Augen, wie man sie selten sah. Groß, dunkel und von einer unendlich tiefen Schwermut erfüllt. Diese Augen beherrschten das ganze blasse, unscheinbare Gesicht mit den grau melierten, straff nach hinten gekämmten Haaren.
»Du sollst aber keinen Gedanken nachhängen, sondern aufstehen und was arbeiten! Das wär für dich viel besser. Und überhaupt – was für Gedanken hängst du denn immer nach? Der Anderl ist zehn Jahre tot, da könntest schon darüber weg sein, ich bin's ja schließlich auch, obwohl ich jetzt bloß drei Töchter hab.«
Der Blick der Bäuerin schien gänzlich nach innen gerichtet zu sein. »Der Anderl, ja ...«

»Hör jetzt mit dem Anderl auf! Gehst aus dem Bett oder nicht?«

Elisabeth Haberer schien auf die Worte ihres Mannes gar nicht geachtet zu haben. Ihr nach innen gekehrter Blick verschwamm.

»Kruzitürken!« Der Haberer griff nach der Bettdecke, zog sie weg und schleuderte sie auf den Boden. »Jetzt wird's mir aber langsam zu dumm. Du bist doch nicht krank! Du kannst arbeiten! Los, steh auf!«

Er fasste seine Frau hart am Arm und zerrte sie aus dem Bett. »Das wär ja noch schöner!«, schrie er dann, »Wirklich, das wär ja noch schöner!«

Ganz starr stand sie da, ihr Gesicht seltsam verändert. Das leinene Nachthemd schlotterte um ihre hageren Glieder. Der Haberer aber war mit ein paar großen Schritten an der Tür, riss sie auf und ließ sie laut hinter sich ins Schloss fallen. Es war ihm selbst nicht ganz wohl, als er in die Küche hinunterstürmte, nach der Flasche mit dem Obstler griff und sich ein Glas randvoll einschenkte.

»Was ist denn, Vater, hast dich geärgert?«, fragte Anna, die Gemüse für den nächsten Tag putzte.

Der Bauer stürzte den Inhalt des Glases in einem Zuge hinunter. Dann füllte er es noch einmal.

»Die Mutter«, sagte er und hielt das Glas in der Hand, »wollte nicht aufstehen. Es fehlt ihr nix. Sie bleibt einfach im Bett liegen und starrt an die Wand oder döst vor sich hin.«

»Aber du weißt doch, dass sie krank ist«, wandte Anna ein.

Dominik Haberer trank das zweite Glas leer. Eine dicke, schillernde Fliege summte vor seinem Gesicht.

Mit einem schnellen Schlag vertrieb er sie. Das unbehagliche Gefühl in seinem Innern aber verging nicht.

»Im Kopf ist sie krank, aber nicht im Körper. Es ist nicht gut, wenn sie so oft im Bett herumliegt und an die Wand starrt. Viel besser wär's, sie würde ihrer Arbeit nachgehen.«

Er stellte die Flasche mit dem Obstler wieder in den Küchenkasten zurück.

»Aber Lena, Klara und ich tun doch Mutters Arbeit mit. Es bleibt deswegen ja nix liegen.«

»Es dreht sich nicht darum! Hast du mich nicht verstanden?«, fauchte er. »Durch das Herumliegen da oben in der einsamen Stube wird sie bloß noch verdrehter.«

»Ich versteh's sowieso nicht, dass sie wegen dem Anderl so nervenkrank geworden ist«, hörte er Anna sagen, und ihre Stimme klang traurig.

»Es ist nicht bloß wegen dem Anderl; das liegt in der Familie. Mit der Großmutter, das heißt also mit meiner Schwiegermutter, war's genauso.«

»Genauso?«

»Ihr könnt euch nimmer an sie erinnern. Sie ist schon lang tot. In der Heilanstalt ist sie gestorben. Und mit dem Vater eurer Großmutter soll's auch nicht gestimmt haben.«

Anna hatte das Gemüse fertig geputzt. Nun wusch sie es noch einmal durch.

»Bei der Mutter ist's ja nicht schlimm. Hie und da ist sie halt ein bissl wirr.«

Der Bauer verließ den Hof. Er ging um das Haus, blieb stehen und schaute zum Fenster der Stube hinauf, von der er vorhin gekommen war. Er sah seine Frau stehen. Sie trug noch immer ihr Nachthemd, stand starr und schien ins Leere zu sehen. Ihr Anblick jagte ihm einen Schauer über den Rücken, und das unbehagliche Gefühl in ihm wurde dumpf und schwer.

Er steckte die Hände tief in die Hosentaschen, machte noch einen Rundgang und ging dann wieder an seine Arbeit. Er tat sie mechanisch. Seine Gedanken gingen ganz andere Wege, und seine drei Töchter wären fassungslos gewesen, hätten sie diese Wege geahnt.

Als sie sich dann alle mit dem Knecht zum Abendessen in der Küche trafen, war die Bäuerin noch immer nicht erschienen.

»Schau nach der Mutter, Anna«, sagte der Haberer mit Groll in der Stimme. »Sie soll zum Essen kommen.«

»Ich bin vorhin bei ihr gewesen. Sie hat geschlafen. Wollen wir sie nicht lieber in Ruhe lassen?«

Der Bauer nickte mit dem Kopf und brummte irgendetwas. Dann warf er einen Blick zu Klara hinüber. Sie war die Älteste mit ihren einundzwanzig Jahren und von einer eigenartigen Schönheit. In ihrem schmalen, etwas blassen Gesicht standen hohe Backenknochen, und die dunklen Augen bildeten einen wundervollen Gegensatz zu ihrem aschblonden Haar. Es waren die gleichen Augen wie die der Mutter, nur der Ausdruck von Schwermut fehlte darin.

Der Haberer aber erschrak manchmal vor diesen Augen, denn ein Ausdruck von seltsamer Lebensgier stand oft darin. Diese Tochter war ihm fremd, obwohl sie sein eigenes Fleisch und Blut war. Klara stach auch in ihrer ganzen Art, in ihrem ganzen Wesen von den Schwestern und den anderen Mädchen im Dorf ab.

Jetzt schaute sie auf ihren Teller, löffelte die Suppe und schwieg.

Plötzlich wurde die Tür aufgestoßen. Elisabeth Haberer kam im Nachthemd über die Schwelle. Der Bauer erstarrte, und die Mädchen fuhren mit einem Schrei hoch. Die Bäuerin trug ein Beil in den Händen, wie man es zum Holzhacken benutzte. Ihre Augen waren starr und so leer, wie der Haberer noch keine menschlichen Augen gesehen hatte. Jetzt hob sie das Beil und wollte damit auf ihren Mann losgehen, doch der Knecht war schon hinzugesprungen und entwand ihr die Waffe nach kurzem Ringen. Lena weinte laut auf, auch aus Klaras Augen rannen die Tränen, nur Anna stand reglos und starrte mit weit aufgerissenen, fassungslosen Augen auf die Mutter, die sich nun den Griffen des Knechtes entziehen wollte.

Verstört nahm der Bauer das Beil und legte es beiseite.

»Komm«, sagte er zum Knecht, »wir bringen sie wieder in ihre Kammer hinauf.«

Auf der Treppe blieb sie plötzlich stehen. Ihr Blick kam wie erwachend aus der Leere zurück.

»Was ist?«, fragte sie, »was ist denn?«

»Du musst ins Bett, komm!«

Den Haberer würgte es in der Kehle. Mit dem Beil wollte sie auf ihn losgehen! Mit dem Beil! Er konnte es nicht fassen.

Als er seine Frau dann zudeckte und ihre Schultern in die Kissen drückte, stand der Knecht verstört und mit unruhigem Blick dabei.

»Bleib jetzt liegen und schlaf, ich lass dann den Doktor kommen.«

Draußen hielt der Bauer den Knecht am Arm fest: »Das bleibt unter uns, Bartl. Du brauchst nix weiterzuerzählen.«

Der Knecht war erst seit wenigen Monaten auf dem Hof. Nach dem großen Krieg hatte es ihn als heimatlosen Flüchtling dorthin verschlagen. Er war geblieben, und der Haberer war froh um ihn. Denn er kam selbst aus einem Hof und verstand viel von der Landwirtschaft, auch wenn er einen Dialekt sprach, den man kaum verstand. Jetzt machte er ein betretenes Gesicht.

»Wird das auf die Dauer nicht gefährlich sein mit der Bäuerin? Eines Tages haut sie dir auf den Schädel, Bauer. Nicht immer wird's so sein wie heut, dass wir's so einfach abwehren können.«

»Wir werden sehen, Bartl.« Er schob den Knecht vor sich her die Treppe hinunter. »Jetzt muss ich erst einmal mit dem Doktor reden, was der dazu sagt.«

»Hm«, machte der Knecht, nicht recht überzeugt.

In der Küche setzten sie sich wieder an den Tisch, um weiterzuessen.

»Was ist mit der Mutter?«, fragte Anna, »schläft sie?«

Der Bauer schüttelte den Kopf. »Noch nicht.«

»Eigentlich können wir sie doch gar nimmer allein lassen«, wandte Lena ein.

»Und wie sollen wir das machen?«, fragte der Bauer. »Da müsst ja ständig jemand an ihrem Bett sitzen.«

»Wenn sie liegen will, muss sie sich eben in die Stube herunterlegen, da haben wir sie besser unter Kontrolle.«

Lena wischte sich die Nässe, die noch auf ihrem Gesicht war, mit dem Handrücken ab.

Der Knecht sagte mit vollem Mund: »Sie gehört in eine Anstalt. Da ist sie am besten aufgehoben.«

Das Wort »Anstalt« klang scharf wie die Schneide eines Messers. Der Bauer und die drei Mädchen zuckten zusammen.

»Nein!«, weinte Anna auf, »nein, niemals!«

»Aber hier ist man ja seines Lebens nimmer sicher, nach dem, was heut vorgefallen ist«, warf der Knecht ein. »Das kann sich schon morgen wiederholen. Die Bäuerin kann in der Nacht mit dem Beil im Haus herumwandern und jedem den Schädel einschlagen! Das hat's alles schon gegeben.«

Am Tisch herrschte betretenes Schweigen. Dominik Haberer war zur gleichen Zeit, als der Knecht es aussprach, derselbe Gedanke durch den Kopf geschossen. Mit Elisabeth wurde es tatsächlich immer schlimmer. Ihm schmeckte plötzlich das Essen nicht mehr. Er schob seinen Teller zurück und erhob sich.

»Esst nur weiter«, sagte er, »ich geh zum Doktor.«

»Den kann doch der Bartl holen«, wandte Lena ein.

Aber der Bauer schüttelte den Kopf.

»Ich geh selber. Dann kann ich gleich an Ort und Stelle mit ihm reden.«

Unter der Haustür blieb er stehen und schaute nach dem Himmel. Hoch und blau stand er wie eine Glocke über dem Tal. Am weißen Pyramidengipfel des Greinbachhorns hing eine kleine Wolke. Die Sonne stand schräg im frühen Abend. Die Augen des Bauern verdüsterten sich. Er atmete tief, vermochte aber nicht damit den Druck auf der Brust zu verdrängen und die Schatten, die immer um ihn waren.

»Mein Leben ist nicht mehr viel wert«, dachte er. »Nein, es ist wirklich nicht mehr viel wert.«

Mit schweren, weit ausholenden Schritten ging er den Weg zum Doktorhaus.

Der alte Arzt, ein Witwer, hatte seine Frau schon verhältnismäßig früh verloren. Seine beiden Kinder, ein

Sohn und eine Tochter, waren längst verheiratet und in alle Winde verstreut. An den Weihnachtstagen besuchten sie ihn, aber in den letzten Jahren auch nicht mehr regelmäßig. Der alte Doktor verstand die Menschen und ihre Leiden. Er hatte für jeden ein offenes Ohr und war überall beliebt.

Als der Haberer zu ihm kam, war er gerade mit dem Abendbrot fertig. Der Bauer erzählte ihm den Vorfall mit seiner Frau. Sie saßen im Studierzimmer des Doktors, einem niederen, dunkel getäfelten Raum mit alten Möbeln und vielen Büchern.

»Hm«, brummte der alte Mann besorgt, als der Haberer schwieg, »das ist keine einfache Sache. Dein Knecht hat schon Recht. Deine Frau gehört in eine Anstalt, denn der Vorfall heute zeigt, dass sie gefährlich werden kann. Aber du willst nicht, dass sie in eine Anstalt kommt, Haberer?«

Der Bauer zuckte ratlos mit den Schultern.

»Meine Töchter wollen's nicht«, sagte er dann. »Das ist begreiflich. Sie hängen an der Mutter. Und in so einer Anstalt ist der Mensch ja wirklich lebendig begraben.«

»Heute nicht mehr. Da wird jetzt anders behandelt.«

»Das ändert aber nix daran. Es ist und bleibt eine geschlossene Anstalt.«

»Nein, daran ändert sich nix.«

Der Doktor hatte sich seine Pfeife angezündet und paffte den Rauch in dichten Wolken vor sich her.

»Wenn's dein Knecht aber weiterplaudert«, sagte er nachdenklich, »dann kommen wir um eine Einweisung nicht herum.«

Der Haberer antwortete nichts. Er hockte gebeugt auf dem Stuhl, hatte die Ellbogen auf die Knie und den

Kopf in die Hände gestützt. Die schräg stehende Sonne schickte einen Blitz von Licht und Gold in die niedere Stube. Staubkörnchen tanzten wie kleine Insekten. Der Haberer aber spürte, dass sich die Schatten vermehrten, die auf den Hof an der Lehn zukamen.

Eine Viertelstunde saßen sie beisammen und redeten. Dann begleitete der Doktor den Bauern nach Hause, wo er schließlich in der Stube der Bäuerin verschwand.

Als er dann später in die Stube kam, zuckte er mit den Schultern. »Körperlich fehlt ihr nix, und das andere ist ja nicht mein Metier. Sie müsste zu einem Facharzt gebracht werden, in die Stadt.«

Als der Doktor wieder gegangen war, saßen der Haberer und seine drei Töchter noch eine Weile schweigend beisammen. Jeder hing seinen Gedanken nach, bis der Haberer sich erhob. »Ich geh zum Stammtisch.«

Die Sonne war hinter dem Wieskogl hinabgesunken, und das wunderbare Schauspiel des Alpenglühens wiederholte sich an den breiten felsigen Schrunden der Lofarerwand. Das Gestein schimmerte rot, als wäre es von innen erleuchtet, und der Abendhimmel darüber erschien wie violettblauer Samt.

Der Haberer hatte sich seinen alten Hut auf den Kopf gestülpt, die Hände in den Hosentaschen vergraben und ging zum »Schimmel«. Die Ablenkung im Wirtshaus konnte er heute vertragen. Bald saß er auch mit ein paar anderen Bauern zusammen und spielte Karten. Die Fäuste sausten nieder, dass die Krüge klirrten.

Während einer Pause sagte einer der Männer: »He, Haberer, gibt's bei euch bald eine Hochzeit?«

»Eine Hochzeit?«, fragte der Angesprochene verständnislos und gedehnt.

»Deine Lena hab ich schon ein paar Mal mit dem Wiesböck Ulrich gesehen!«

»Und, was ist da schon dabei? Du wirst sie doch wohl nicht so gesehen haben, dass man gleich auf eine Hochzeit schließen könnt!«

»Das will ich auch hoffen«, knurrte der Wiesböck, der mit in der Runde saß. Eine steile Falte prägte sich über seiner Nasenwurzel ein, und ein schneller, stechender Blick traf den Haberer.

Sie saßen beisammen, bis es von der Kirchturmuhr Mitternacht schlug. Dann legten sie die Karten zur Seite. Als Dominik Haberer ging, folgte ihm der Wiesböck, obwohl sein Hof am anderen Ende des Dorfes lag.

»Auf ein Wort«, sagte er. Der Haberer blieb stehen. Das Mondlicht fiel hell auf sein Gesicht.

»Ich will hoffen«, sagte der Wiesböck, »dass sich zwischen deiner Lena und meinem Ulrich nix anspinnt!«

»Und warum?«, fragte der Haberers scharf.

»Weil ich mit dem Ulrich andere Pläne hab, verstehst?«

»Andere Pläne – aha. Und wenn die jungen Leute aber nix von diesen Plänen wissen wollen?«

Der Wiesböck trat auf den Bauern zu und fasste ihn an den Aufschlägen seiner Joppe. Ein schmales, kaltes Lächeln legte sich um seinen Mund.

»Du wirst deine Lena vom Ulrich abhalten, verstehst? Sonst wird die Vergangenheit lebendig. Sie ist nicht tot, sie schläft nur. Ich kann sie jederzeit aufwecken.«

Der Haberer spürte einen stechenden Schmerz in der Brust. Wütend stieß er den anderen weg.

»Droh mir nicht! Du bist auch dabei gewesen!«

»Aber nur dabei! Sonst nix.«

Dominik Haberer wandte sich jäh um und ging davon.

»Also, denk dran!«, rief ihm der Wiesböck nach.

Durch den Kopf des Bauern tobten die Gedanken, und der Schmerz in seiner Brust wollte nicht nachlassen. Dazu kam eine unbändige Wut auf den Wiesböck, der ihn so von oben herab behandelt hatte. In den Hosentaschen ballte er seine Hände zu Fäusten. Er ging nicht den direkten Weg nach Hause. Er wusste, dass er wieder den Weg gehen würde, den er nicht gehen sollte, aber es zog ihn immer wieder dorthin, wo nach dem kleinen Wäldchen das Marterl am Wegrand stand. Schief war es, verwittert von Sonne, Regen und Wind. Das Wäldchen warf einen tiefen schwarzen Schatten zur Straße her, ebenso das Marterl. Die weite Wiese dahinter war vom Mondlicht überflutet. Der Haberer blieb stehen. Er hatte die Hände aus den Hosentaschen genommen und starrte auf das Stück verwitterten Holzes. Seine Schultern sackten nach vorn. Dann schüttelte er den Kopf, immer wieder. Dies war das Kreuz, das er tragen musste, das ihm der Herrgott auferlegt hatte! Und nie, nie mehr konnte er seines Lebens richtig froh werden!

Er stand reglos. Kalt und leer war das Mondlicht, und die Schatten schwarz wie tiefste Traurigkeit. Dann ging er nach Hause, den Kopf tief in den Schultern vergraben.

Elisabeth Haberer war wieder vom Bett aufgestanden und ging ihrer Arbeit nach. Sie sprach und handelte vernünftig wie ein gesunder Mensch und schien sich dessen nicht bewusst zu sein, dass sie mit dem Beil auf ihren Mann losgegangen war.

Mit größtem Misstrauen begegnete ihr Bartl, der Knecht. Er schien immer vor ihr auf der Hut zu sein, verfolgte sie mit seinen Blicken aus den Augenwinkeln und ging ihr aus dem Weg, so gut es ging.

An diesem Samstag war im »Schimmel« Sommertanz.

»Wir dürfen doch zum Tanz gehen?«, fragten die Mädchen die Eltern.

Der Bauer schaute auf Anna und wiegte den Kopf hin und her.

»Also, du mit deinen siebzehn Jahren bist schon noch ein bissl jung, um auf den Tanzboden zu gehen.«

»Es sind doch die Lena und die Klara dabei.«

Klara hatte sich mit verschränkten Armen auf dem Sofa zurückgelehnt und schüttelte den Kopf: »Ich hab nicht gesagt, dass ich mitgehe.«

Anna blickte bestürzt in das Gesicht der Schwester. »Du gehst nicht mit?«

»Warum wunderst du dich so darüber? Ich mag nicht mit diesen Bauerntrampeln tanzen!«

»Mit diesen Bauerntrampeln?« Empörung schwang in der Stimme des Bauern mit. »Du bist doch selber eine Bauerntochter!«

»Deswegen mag ich aber noch lang keine Bauernsöhne!« Sie warf den Kopf zurück, und ihr Blick ging durch das Fenster. Der herbe, stolze Ausdruck auf ihrem Gesicht verstärkte sich.

»Ich weiß nicht«, sagte Elisabeth Haberer, »wie's dir wohl noch einmal gehen wird mit deiner Einstellung!«

»Ist das so schlimm, wenn ich einmal keinen Bauern heiraten möcht?«

»Das nicht, aber wen willst denn sonst heiraten?«, fragte Lena.

»Vorläufig gar keinen. Denn hier im Dorf find ich ganz bestimmt nicht den Richtigen.«

»Und der Dobler Bertold? Ist das auch nicht der Richtige?«, wandte Anna ein.

Klara drehte ihr das Gesicht zu. Es war glatt, herb und ohne Bewegung. »Nein!«, antwortete sie kalt.

»Alle im Dorf wissen, dass er ein Auge auf dich geworfen hat«, sagte Lena.

Klara antwortete nicht. Sie erhob sich und verließ die Stube.

»Mit dem Mädel kriegen wir noch unser Kreuz, das fühl ich.« Das Gesicht des Bauern verfinsterte sich bei diesen Worten. Dann verließ auch er die Stube, um zu seinem Stammtisch zu gehen.

Die Bäuerin schaute ihm nach. »Er geht viel zu viel ins Wirtshaus«, seufzte sie. Dann griff sie nach ihrem Strickzeug. Ihr Gesicht nahm wieder jenen eigenartig leeren Ausdruck an, den es öfter zeigte.

»Voll Unrast ist er«, murmelte sie, »es treibt ihn herum ...«

»Warum soll es ihn denn herumtreiben?«, fragte Lena verständnislos.

»Ich weiß nicht ...« Die Bäuerin zuckte mit den Schultern. Der leere, abwesende Ausdruck auf ihrem Gesicht verstärkte sich.

Anna ging zur Mutter hin. »Soll ich bei dir daheim bleiben? Wär's dir lieber?«

»Aber nein, geh nur. Du sollst dein Vergnügen haben. Bist jung, und das Leben ist so kurz!« Mit einer zärtlich scheuen Bewegung strich sie Anna über das Haar.

Die beiden Mädchen gingen nach oben in ihre Kammer, zogen ihre Arbeitskleider aus und schlüpften in hübsche Dirndlgewänder. Dann standen sie vor dem Spiegel und machten ihre Haare zurecht.

»Meinst du, dass er heut auf dem Tanzboden ist?«, fragte Lena plötzlich.

»Wer? Der Wiesböck Ulrich?«

Lena schüttelte den Kopf. »Aber nein, ich mein deinen Markus.«

Anna hielt einen Augenblick in ihren Bewegungen inne. Flüchtige Röte huschte über ihr Gesicht.

»Ich weiß nicht, ob er mein Markus ist.«

Ihre blauen Augen wurden um einen Schein dunkler.

Lena aber durchzuckte plötzlich ein furchtbarer Schrecken. Denn auf Annas Gesicht stand für einen Augenblick jener seltsam starre und abwesende Ausdruck, den sie bei der Mutter schon öfter wahrgenommen hatte. Doch als die Schwester fortfuhr, schien es Lena, als wäre es nur Einbildung gewesen.

»Hast du ihn gern?«, fragte sie dann.

Plötzlich hing Anna weinend an ihrem Hals, und sie, Lena, kam sich vor, als wäre sie um zehn Jahre älter.

»Ja, ganz furchtbar gern, und das ist schlimm, gelt?«

»Warum sollte das schlimm sein?«

»Ich – ich bin doch so ein dummes Ding, und er ist ein Studierter. Eines Tages ist er ein Doktor, und wie sollt er mich da gebrauchen können? Dann nimmt er eine andere zur Frau, und ich werd todunglücklich sein.«

Lena strich der Schwester über das Haar. »Du bist wirklich jung und dumm. Über so was zerbricht man sich doch nicht jetzt schon den Kopf! Was glaubst du, wie lang der Markus noch braucht, bis der einmal mit seinem Studium fertig ist, verstehst du? Bis dahin fließt noch viel Wasser den Wildbach hinunter. Bis dahin kann deine Schwärmerei verfliegen, und du selber willst ihn vielleicht gar nicht mehr.«

Anna richtete sich auf und wischte die Tränen von ihrem Gesicht.

»Nie! Ich hab ihn lieb, und daran ändert sich nix mehr.« Ihre Augen weiteten sich wieder. »Es war so schön, letzthin, als wir uns trafen, in der Nacht. Wie ein Traum war's, wie in einem Märchen. Noch nie hab ich so was erlebt! Draußen, auf den Moorsee hat der Mond sein Licht gelegt, und es hat ausgeschaut, als wär's Silber gewesen, flüssiges Silber. Und Markus ist mir erschienen wie einer, den es gar nicht gibt. Und Fee hat er zu mir gesagt!«

»Fee?«

»Ja, er hat gemeint, ich hätte wie eine Fee ausgesehen.« Wieder schoss die Röte in Annas Gesicht.

Lena fühlte ein unbehagliches Gefühl in sich aufsteigen. Annas Schwärmerei erschien ihr fremd und unwirklich.

»Aber geh, Anna, so darfst nicht reden, sonst kommt einmal der Tag, an dem du ganz bös aus so einem Traum erwachst.«

»Ich will aus meinem Traum nicht erwachen!«

»Aber es könnt dich jemand herausreißen, ob du willst oder nicht! So, und jetzt müssen wir gehen, sonst kriegen wir keinen Platz mehr.«

Der Saal war wirklich schon sehr voll. Aber die beiden Mädchen konnten sich noch an einen Tisch zwischen die Sitzenden zwängen. Als die Musik zu spielen begann, stand sogleich Ulrich Wiesböck vor Lena und holte sie zum Tanz. Er legte den Arm um sie und drückte sie ein paar Herzschläge lang fest an sich.

»Ich hab schon dauernd Ausschau nach dir gehalten. Bist spät gekommen.«

»Aber jetzt bin ich ja da.«

»Ja, jetzt bist du hier, und ich bin froh darüber.«

Mit seinem breiten, gutmütigen Gesicht blickte er auf sie herunter, und seine warmen Augen strahlten. Lena war es, als ginge diese Wärme bis in ihr Herz hinein. Ein Gefühl der Geborgenheit durchströmte sie.

»Es ist schön, mit dir zu tanzen, Ulrich«, sagte sie leise.

»Ich – ich fühl genauso wie du, Lena«, entgegnete er ein wenig unbeholfen. »Weißt was? Wir suchen uns dann einen gemeinsamen Platz, denn jetzt sitzen wir zu weit auseinander, und es holen dich andere Burschen zum Tanz. Das mag ich nicht.«

»Aber Anna kommt mit. Ich muss auf sie aufpassen.«

Ulrich nickte. Lena blickte im Saal umher und suchte die Schwester. Jetzt entdeckte sie sie auf der Tanzfläche. Aber es war nicht Markus Egger, der bei ihr war, sondern ein anderer.

»Hast morgen Nachmittag ein bissl Zeit für mich?«, fragte Ulrich jetzt. »Wenn's noch so schön ist wie heut, könnten wir einen Spaziergang zum See machen oder vielleicht auf die Schlüpfalm. Ja?«

Lena nickte. »Stallarbeit brauch ich morgen keine zu machen, da ist die Klara an der Reihe.«

»Das ist schön, dann müssen wir nicht so früh wieder zurück und können ein bissl weiter gehen.«

Lena spürte seine feste Hand auf ihrem Rücken und die Wärme, die von der anderen in die ihre überging. In seinem breiten Gesicht lächelte der Mund, und seine Augen blickten warm und klar. Es war schön, mit ihm zu tanzen. Sie nahm die anderen Gesichter kaum wahr. Die Unterhaltung der Leute drang nur wie ein schwaches Murmeln an ihr Ohr. In diesem Augenblick wusste Lena, dass sie Ulrich Wiesböck liebte. Eine aufkeimende Angst verflog rasch, als sie wieder in sein Gesicht blickte. Doch dafür kam jetzt ein Hauch von Verwirrung über sie, ein leises Zittern, das durch ihren Körper rann.

Ulrich musste es gespürt haben. »Ist dir was? Oder frierst du?«, fragte er besorgt.

»Nein, nein!« Lena schüttelte hastig den Kopf. Ein wenig krampfhaft hielt sie den Kopf und blickte auf die Tanzenden.

»Tanzt du auch gern mit mir?«, fragte Ulrich plötzlich.

»Aber freilich«, antwortete sie hastig, »wie kommst du denn auf eine solche Frage?«

»Nur so«, wich er einer direkten Antwort aus.

Als der Tanz zu Ende war, brachte er sie an ihren Platz zurück.

»Ich geh jetzt auf die Suche«, sagte er noch, »dann hol ich dich.«

Es dauerte nicht lange, bis er wieder zurückkam.

»Ich hab drei andere Plätze aufgetrieben. Die Burschen sind zum Kartenspielen in die Gaststube hinuntergegangen.«

Wenig später saßen sie dann an einem Tisch in der Nähe des Saaleingangs.

»Ist der Markus nicht da?«, fragte Lena leise ihre Schwester.

Anna schüttelte den Kopf: »Ich hab ihn noch nicht gesehen.«

»Hat er nix vom heutigen Sommertanz gesagt?«
»Nein. Vielleicht tanzt er nicht gern.«

Lena spürte, dass Anna nur auf Markus wartete und dass sie kein Interesse daran hatte, mit anderen Burschen zu tanzen. Als es später wurde und Markus noch immer nicht aufgetaucht war, erhob sie sich.

»Ich geh heim, Lena. Ich schau noch zum Vater hinunter, vielleicht geht er mit.«

»Willst wirklich nimmer bleiben?«

Anna schüttelte den Kopf. »Mir gfällt's nimmer.« Ihre Augen blickten traurig in die der Schwester.

Lena und Ulrich aber ließen keinen Tanz aus. Als die Musikanten ihre große Pause einlegten, stand Ulrich auf und fasste Lena am Arm: »Gehn wir ein bissl vor's Haus? Es ist arg heiß hier drin und schlechte Luft dazu.«

Lena erhob sich. Sie waren nicht die Einzigen, die den Saal verließen. Auf der breiten Treppe, die zum unteren Gang hinunterführte, standen Mädchen in Gruppen beisammen, unterhielten sich, lachten und kicherten. Zu diesem Sommertanz waren sie auch aus den umliegenden Dörfern, Einöd- und Berghöfen gekommen. Es war eine willkommene Abwechslung für die Dorfjugend.

Lena und Ulrich verließen das Haus. Die Nacht war hell. Der abnehmende Mond hing in den Zweigen eines Kastanienbaumes. Und dann, als sie den kleinen Dorfplatz durchschritten, stand er über dem Wieskogl.

Lena spürte, wie Ulrich mit einer fast schüchternen und zögernden Bewegung ihre linke Hand umschloss. Und draußen vor dem Dorf blieb er plötzlich vor ihr stehen.

»Lena!« Ulrich, der sonst meistens so gelassene Mann, war erregt und nervös. »Lena, wir kennen uns doch nun schon eine Weile, und wenn man's genau nimmt, schon von klein auf, wie ja alle hier im Dorf. Und jetzt möchte – möcht ich dich fragen, ob du mich gern hast und ob du mich heiraten magst?«

Lena merkte am Klang seiner Stimme, dass er froh war, es endlich über die Lippen gebracht zu haben. Ein überströmendes Gefühl von Seligkeit und Glück stieg in ihr auf. Diese Nacht erschien ihr plötzlich so schön wie noch keine zuvor, der Mond so silbern und die Sterne so nahe.

»Ja«, sagte Lena dann, »ja!«

»Du hast mich gern, richtig gern?« Mit einer ungestümen Gebärde, die sie ihm gar nicht zugetraut hätte, packte er sie an den Armen und riss sie an sich.

»Ja, Ulrich.« Sie schlang ihre Arme um seinen Hals, und dann küsste er sie. Lena vergaß alles um sich her. Einzig wichtig war jetzt nur, dass sie sich liebten und dass sie für immer zusammenbleiben würden.

Der Nachtwind durchstreifte sausend die Bäume am Weg, fuhr über die Hangwiesen aufwärts zum Wald.

»Ich freu mich«, flüsterte Ulrich und presste sie immer wieder an sich, küsste sie und strich ihr über die Wangen. »Ich freue mich, wenn wir für immer beisammen sind und auf unserem Hof leben. Wir werden unser Auskommen haben. Es wird uns nicht schlecht gehen. Meine beiden Schwestern sind gut verheiratet, und meinen jüngeren Bruder müssen wir halt auszahlen. Das wird schon gehen. Wir werden eine große, schöne Hochzeit feiern, von der man noch lang erzählen wird!«

»Ach, Ulrich! Ich bin so glücklich, dass ich fast Angst hab. Zu viel Glück ist nicht gut. Auf einmal geht es dahin.«

Sie sah im matten Licht der Nacht das Lächeln um seinen Mund.

»Aber Lena! Das ist doch ein ganz selbstverständliches, alltägliches Glück, wenn zwei sich lieben und heiraten!«

»Du hast Recht«, lächelte sie und schmiegte sich an ihn.

Der Wind schob ein paar Wolken über den Mond. Der Silberglanz über dem Tal erlosch und wechselte in eine fahles Licht über. Die schwarzen Schlagschatten der Bäume verblichen.

»In den nächsten Tagen komme ich dann zu deinem Vater auf den Hof. Zuerst muss ich mit dem meinen reden. Aber morgen machen wir erst einmal einen schönen Ausflug.«

Sie setzten ihren Weg fort. Ulrich legte seinen Arm um ihre Schulter, und wieder spürte Lena das tiefe Glücksgefühl im Herzen und Dankbarkeit, dass ihre Wege sie zusammengeführt hatten. Was schon seit längerer Zeit ein stiller Wunsch in ihr gewesen war, würde nun Erfüllung finden.

Lena spürte den Wind auf ihrem Gesicht, der noch heftiger geworden war. Die Wolken hatten den Mond wieder freigegeben.

Ulrich und Lena kehrten wieder um. Schon von weitem hörten sie die Klänge der Musik. Gelb leuchteten ihnen die schmalen, hohen Fenster entgegen. In den Wipfeln der Kastanien rauschte der Wind. Darunter standen ein paar Burschen und Mädchen eng umschlungen. Ihr Lachen klang hell und unbekümmert.

Als Lena wieder in den Armen Ulrichs über das Parkett schwebte, hätte sie am liebsten allen von ihrem

Glück erzählt. Sie versuchte in den Gesichtern der Vorübertanzenden zu lesen, ob sie nicht vielleicht merkten, was geschehen war.

Als es auf Mitternacht zuging, wollte Lena nach Hause. »Allzu lang möcht ich nicht bleiben. Der Vater sieht's nicht gern.«

»Das versteh ich«, meinte Ulrich.

Sie gingen die Treppe hinunter, und als sie den breiten Gang in Richtung Haustor durchschritten, kam Dominik Haberer aus der Gaststube. Sein Gesicht verfinsterte sich jäh, als er die beiden sah.

»Du bist noch hier?«, fuhr er Lena an. »Reichlich spät, findest du nicht auch?«

Lena merkte sofort, dass er zu viel getrunken hatte. Eine Wolke von Alkoholdunst schlug ihr entgegen, und in seinen Augen war ein merkwürdiges Glitzern.

»Ich bring die Lena jetzt nach Hause«, sagte Ulrich.

Die Hand des Bauern fuhr abwehrend durch die Luft.

»Nix da!«, rief er, »du brauchst meine Tochter nicht nach Hause zu bringen! Sie geht mit mir! Es wär überhaupt besser, du würdest sie in Zukunft in Ruhe lassen. Ich seh's nicht gern, wenn du mit ihr beisammen bist!«

Lena wurde blass. »Aber Vater! Was redest denn da!«

»Was redest du denn da!«, äffte der Haberer seine Tochter nach. »Ich seh's nicht gern und damit basta!«

»Wir wollen jetzt hier im Wirtshausgang nicht lang herumreden«, sagte Ulrich leise zu Lena. »Bis morgen dann. Gute Nacht!« Sein Blick war voll Liebe und Wärme, und die Unruhe in ihr legte sich.

»Gute Nacht, Bauer«, sagte Ulrich noch und ging.

»Komm, Vater!« Lena fasste den Haberer am Arm und zog ihn fort.

»So was«, murmelte er, »das hätte mir grad noch gefehlt! Ein Saustall ist das!«

»Was meinst du?«

»Ein Staustall ist das!«, schrie er jetzt laut.

»Psst! Schrei doch nicht so, Vater. Die Leute werden ja aufmerksam.«

»Die Leute sind mir alle wurscht! Sie sollen mir den Buckel runterrutschen! Und der Ulrich Wiesböck soll sich ja nimmer blicken lassen!«

Lena zuckte zusammen. Ein scharfer Schmerz ging durch ihre Brust.

»Und warum nicht?«, fragte sie atemlos.

Es war kühler geworden. Hinter jagenden Wolken versteckte sich der Mond. Die Nacht war mit einem Mal nicht mehr so schön, wie sie zuvor gewesen war.

»Weil ich's nicht haben will! Weil ich's einfach nicht haben will, basta!«

Hie und da machte der Haberer einen taumelnden Schritt, und Lena hielt ihn am Arm fest.

»Aber du musst doch einen Grund haben, Vater. Der Ulrich ist ein guter und rechtschaffener Mensch. Einen besseren könnte ich mir gar nicht denken.«

»Es gibt noch viele andere Burschen, und du bist erst neunzehn!«

»Aber für mich gibt's nur einen, Vater.«

»Aber den schlag dir aus dem Kopf! Und jetzt will ich nix mehr davon hören!«, schrie er sie an.

Lena wagte nicht mehr, von Ulrich zu sprechen. Sie presste die Lippen zusammen und fühlte, dass der strahlende Glanz ihres Glücks plötzlich eine blinde Stelle bekommen hatte.

Zu Hause an der Tür stolperte der Haberer.

»Kruzitürken!«, fluchte er.

Eine große graue Wolke hatte sich vor den tief stehenden Mond geschoben. Ihre Ränder leuchteten hell. Aber die Nacht war dunkel geworden.

Lena betrat auf Zehenspitzen die Kammer.

»Brauchst nicht so leise zu sein«, kam es vom anderen Bett herüber, »ich bin noch wach.«

»Und warum?«

»Ich hab einfach nicht schlafen können.«

Als Lena sich ausgekleidet hatte und im Bett war, sagte sie leise: »Der Ulrich und ich werden heiraten. Wir haben uns gern.«

»Das ist aber schön!«

»Der Vater hat uns heut gesehen, und es war ihm nicht recht, dass ich mit dem Ulrich zusammen gewesen bin, obwohl ich mir überhaupt nicht denken kann, warum.«

»Vielleicht war's nur eine Laune von ihm.«

»Das hoff ich auch. Er war nämlich nimmer ganz nüchtern.«

Es wurde still in der Kammer. Lena schloss die Augen und dachte an Ulrich und den wunderschönen Abend, der ihr für immer im Gedächtnis haften bleiben würde.

Bei der Sonntagsmesse hatte Ulrich Wiesböck Lena ein paar Augenblicke gesehen. Er freute sich schon auf den kleinen Ausflug, den sie miteinander machen wollten.

Nach dem Mittagessen stellte er sich in seiner Kammer vor den Spiegel, der über dem Waschtisch hing, und blickte prüfend auf sein Hemd.

»Eigentlich bräucht ich dringend mal wieder ein neues«, dachte er. Die Tante hatte schon zum zweiten

Mal einen neuen Kragen angesetzt. Aber man musste sparsam sein. Es ging nicht anders.

Als er wenig später auf den Hof an der Lehn zuging, sah er Lena bereits wartend stehen. Als sie seiner ansichtig wurde, kam sie ihm entgegen. Sie lächelte, und er sah das helle Licht in ihren blauen Augen.

»Es ist besser, wenn uns der Vater heut nicht zusammen sieht«, sagte sie, »sonst schimpft er wieder, und das würde mir den Nachmittag verderben.«

Ulrich nickte, legte ein paar Augenblicke seinen Arm um ihre Schulter, drückte sie an sich und ließ sie dann wieder los.

Sie gingen in Richtung des kleinen Sees, der wenig später wie ein schwarzes Auge vor ihnen lag. Als sie den Wald betraten, blieb Ulrich stehen und nahm Lena in seine Arme. Eine Weile standen sie so, sich küssend und glücklich, einen ganzen Nachmittag für sich zu haben. Dann stiegen sie den schmalen Weg aufwärts, der sich durch den Wald schlängelte.

Ulrich Wiesböck war ein stiller Mann, der im täglichen Leben nicht viele Worte machte. Er wunderte sich über sich selbst, dass er es fertig gebracht hatte, Lena zu gewinnen. Er blickte von der Seite her in ihr schönes Gesicht. Ihr Profil war ebenmäßig. Auf die dunklen Haare hatte die Sonne goldene Tupfer gelegt.

»Ich liebe sie«, dachte er. »Ich liebe sie sehr und könnte mir mein zukünftiges Leben gar nicht ohne sie vorstellen.«

Lena schien seinen Blick bemerkt zu haben, denn sie wandte ihm jetzt den Kopf zu und lächelte ihn an. Zärtlich nahm er ihre Hand in die seine. Eigentlich ist es merkwürdig, dachte er im Weitergehen, dass der vierschrötige Dominik Haberer und seine Frau drei so hübsche Töchter haben. Kein einziges Mädchen war im Dorf, das es mit den dreien hätte aufnehmen können.

Der Wind sang in den Wipfeln, und Vogelgezwitscher war in der Luft. Es roch nach Moder, nach Nadeln und Harz. Die Farne leuchteten dort, wo die Sonnenstrahlen sie trafen, giftgrün auf.

Nach einer Stunde Gehens kamen Ulrich und Lena aus dem Wald auf freie Almwiesen hinaus.

»Dreh dich um!«, sagte Ulrich. Sie schauten hinunter in das Tal, aus dem sie gekommen waren. Wie ein schwarzer Spiegel lag der kleine See in der Tiefe, eingebettet in dichten Wald. Auf der anderen Talseite stiegen die Wiesen und Wälder zu den felsigen Gipfeln empor, die von den Eispyramiden des Greinbachhorns beherrscht wurden. Wie Schiffe mit breiten, geblähten Segeln zogen die Wolken durch das Blau des Himmels.

»Setzen wir uns ein bissl ins Gras?«, fragte Ulrich. Nickend ließ sich Lena nieder, zog die Knie an und wickelte den weiten Rock um die Beine.

Ulrich ließ sich ganz zurückgleiten, und bald tat es ihm Lena nach. Wie verzaubert blickten sie eine Weile schweigend in den Himmel und auf die wandernden Wolken. Es war fast ein zeitloses Versunkensein unter dem Strom von Licht, der auf sie niederbrach.

»So ist die Liebe«, dachte Ulrich, und als er zu Lena hinübersah, hatte sie die Augen geschlossen. »Es ist schön, zu lieben«, dachte er weiter, »die ganze Welt ist dann voll Sonne und Freude.«

Mit weit geöffneten Augen schaute er den Wolken nach, wie sie durch das Blau segelten. Von der Schlüpfalm drang das Bimmeln der Kuhglocken herüber, und das Rauschen des Windes kam stark und mächtig aus den Wäldern herauf.

Da schloss auch Ulrich die Augen. Seine Hand tastete nach der von Lena und hielt sie fest. Und dann war da ein Versinken wie in weiche Watte. Gestalten schoben sich heran mit verzerrten Gesichtern, schwarze Wolken durchsegelten einen grünen Himmel, und dann plötzlich war der Klang einer Glocke da, mahnend und dröhnend, und aus dem grünen Himmel schwebte Lenas Gesicht, von Tränen überströmt.

Ulrich fuhr auf. Etwas verwirrt blickte er auf eine Kuh, die sich ihnen genähert hatte und deren Glocke bei jeder Bewegung bimmelte. Da war er tatsächlich eingeschlafen! Und Lena schien es genauso gegangen zu sein. Lachend sprangen sie auf, und dann drückte Ulrich das Mädchen an sich.

»Ich bin ein guter Liebhaber, gelt? Anstatt dich zu küssen, schlaf ich neben dir ein!«

»Ich hab auch geschlafen. Es ist so warm und die Luft so lind, das macht müde.«

Die Kuh begann zu fressen, und Lena und Ulrich gingen zu den Almgebäuden hinauf, wo sie sich von der Sennerin Milch, Brot und Käse geben ließen. Die Frau war froh, etwas Unterhaltung zu bekommen. Die Zeit verging schnell, und sie mussten wieder aufbrechen, dass sie nicht allzu spät nach Hause kamen.

»Einen merkwürdigen Traum hab ich gehabt«, erzählte Ulrich dann. »Gestalten mit verzerrten Gesichtern waren da, und dann hab ich dich gesehen, und du hast geweint.« Er zog sie an sich.

»Ich hoffe, dass du nie wegen mir zu weinen brauchst«, sagte er ernst.

Sie lächelte ihm zu und legte ihren Kopf an seine Brust. Er fühlte die Wärme ihres Körpers und atmete den Duft von Seife, der aus ihrem frisch gewaschenen Haar stieg. Leidenschaflich bedeckte er ihr Gesicht mit seinen Küssen. Er spürte, dass sie ein wenig zu zittern begann.

»Wir werden bald heiraten, ja?«, sagte er leise und drängend. »Ich will dich ganz für mich haben.«

Lena nickte nur. Aber in den Tiefen ihrer blauen Augen stand ein helles Licht. Sie setzten ihren Weg fort. Die Sonne sank langsam. Und wieder begann sie das Schauspiel von Gold und Purpur zu entfesseln, das seinen Abglanz an den Felswänden der Lofarerwand fand.

Vor dem Dorf gingen Ulrich und Lena auseinander.

»Wenn ich heimkomme, sprech ich mit dem Vater«, sagte er, »dass alles seine Ordnung bekommt.«

Er stand noch eine Weile und schaute ihr nach, wie sie mit leichtem Schritt und wehendem Rock in der einbrechenden Dämmerung verschwand.

Der alte Wiesböck hockte in der kleinen, gemütlichen Stube, die Nickelbrille auf der Nase, und las zum wer weiß wievielten Mal die Zeitung. Die Bäuerin lebte nicht mehr. Sie war vor einigen Jahren einer heimtückischen Krankheit zum Opfer gefallen. Die Tante, die seitdem auf dem Hof war, versorgte das Hauswesen ordentlich.

Ulrich ließ sich auf einen Stuhl fallen. »Vater, ich möcht mit dir reden!«

Der Wiesböck schob die Brille etwas nach vorn und schaute über ihren oberen Rand hinweg auf den Sohn. »So? Um was geht's denn?«

»Ich möcht heiraten!«

»Waas?« Der Bauer ließ die Zeitung sinken und nahm die Brille ab.

»Die Haberer Lena und ich lieben uns, und mit der Heirat möchten wir nicht allzu lange warten«, erklärte er lächelnd.

Wenn er aber nun gehofft hatte, der Vater würde ihm freundlich zustimmen und gratulieren, so sah er sich getäuscht. Im Gegenteil. Die Reaktion, die auf Ulrichs Worte folgte, kam für ihn völlig überraschend. Der Wiesböck sprang auf und kam hinter dem Tisch hervor. Breitbeinig baute er sich vor Ulrich auf.

»Also, das schlag dir gleich aus dem Kopf! Das kommt nicht in Frage! Ich hab andere Pläne mit dir!«

»Andere Pläne?«, fragte Ulrich gedehnt. »Was soll das heißen? Ich bin doch kein kleiner Bub mehr! Ich bin sechsundzwanzig Jahre alt, und mit mir braucht man keine Pläne zu machen, sondern ich heirat das Mädchen, das mir gefällt, das ich gern hab und das zu mir passt!«

Der Wiesböck kniff die Augen zu einem schmalen Spalt zusammen. »So, und du meinst, das alles erfüllt die Lena Haberer?«

»Ja.« Ulrich streckte die Beine von sich und verschränkte die Arme vor der Brust.

»Trotzdem – das nützt dir alles nix, denn du wirst die Lena nicht heiraten!«

Betroffen horchte Ulrich auf, denn die Stimme des Vaters hatte einen kalten, bestimmten Ton, der ihn erschauern ließ.

»Vater, red jetzt einmal vernünftig«, versuchte Ulrich dem störrischen Alten zuzureden. »Das ist doch nicht dein Ernst. Die Lena kommt aus einem guten alten Hof, und alles ist bei ihnen in Ordnung. Ich könnt mir nicht denken, was an dieser Verbindung auszusetzen wäre!«

»Du wirst die Gruber Fanny heiraten!«

Ulrich sprang auf. »Waaas?«

»Du hast schon recht gehört! Die Gruber Fanny wirst du heiraten!«

»Also Vater, mach jetzt keine Witze mit mir!«

»Das ist kein Witz! Mir ist es ernst!«

Das Lachen erstarb auf Ulrichs Lippen, als er aus dem Gesicht des Vaters ablas, dass es ihm bitterernst war.

»Du musst doch einen Grund haben, wenn du so was von mir verlangst!«

»Ich hab auch einen Grund, aber den brauch ich nicht erst breit zu erklären. Die Tatsache bleibt: Du wirst die Gruber Fanny zur Frau nehmen.«

»Dieses dumme Frauenzimmer mit den glitzernden, komischen Augen, das fast zwei Jahre älter ist als ich, dieses hässliche Ding, das noch immer keinen Mann bekommen hat?«

»Den Mann wird sie ja jetzt kriegen!«

Ulrich steckte die Hände in die Hosentaschen und ging erregt in der kleinen Stube auf und ab.

»Das kommt überhaupt nicht in Frage, Vater! Ich liebe die Lena, und sie wird auch meine Frau. Meinst, ich mach mich für mein ganzes Leben unglücklich, nur weil du und der Gruber ausgemacht habt, dass eure Kinder heiraten sollen?« Er blieb vor seinem Vater stehen: »Also, da brauchen wir uns gar nimmer drüber zu unterhalten. Ich würd's noch einsehen, dass du dich dagegenstellst, wenn Lena eine Zigeunerin, ein schlechtes Mädchen oder eine Bettelmagd wäre! Aber schließlich ist die Gruber Franziska ja auch nix Besseres als Lena!«

»Das ist ganz gleich, aber du wirst die Fanny heiraten.«

»Nie, Vater, nie!«, rief Ulrich empört.

»Du wirst es aber müssen!«

»Müssen?«

»Ja. Deine Hartnäckigkeit zwingt mich, darüber zu sprechen, obwohl ich's nicht wollt'.«

Anton Wiesböck stand steif da, die Hände zu Fäusten geballt. »Der Gruber hat mir Geld auf den Hof geliehen.«

Ulrich wurde es ganz wirr im Kopf. »Geld auf den Hof geliehen? Aber wozu denn? Wieso denn? Das war doch gar nicht nötig!«

»Doch, es war eben schon nötig. Ich hab mich auf Spekulationen eingelassen, hab geglaubt, ich könnte eine Menge Geld gewinnen, so wie der Gruber, aber dann ist's halt schief gegangen.«

Ulrich war wie betäubt. Er ließ sich auf den nächsten Stuhl fallen, der im Weg stand. »Spekulationen? Das glaub ich einfach nicht! Wie sollst du zu Spekulationen kommen? So was kennen wir hier doch gar nicht!«

»Soll ich's dir beweisen?«, schrie der Wiesböck jetzt, und seine Augen flammten. Mit ein paar hastigen Schritten war er am Wandschrank, zog seinen Schlüsselbund aus der Tasche und sperrte eine Schublade auf. Dann wühlte er in den Papieren und warf einen Teil davon auf den Boden.

»Da, da sieh's dir an! Da kannst sehen, was für Schulden wir auf dem Hof haben!«

Aus Ulrichs Gesicht war alles Blut gewichen, als er sich langsam erhob. Er bückte sich nach den Papieren, hob sie auf und las sie durch.

»Das kann man nicht ändern«, sagte er tonlos. »Du hast dich in diese Situation gebracht, aber ich kann deswegen nicht mein ganzes Lebensglück aufs Spiel setzen. Eine ungeliebte Frau heiraten! Noch dazu eine, die mir nicht einmal sympathisch ist, der ich immer aus dem Weg gegangen bin, weil ich sie, um es einmal deutlich auszusprechen, einfach nicht hab leiden können! Und bei der ganzen Sache würden letzten Endes drei Menschen unglücklich werden, die Fanny selber, die Lena und ich. Nein, Vater, das kannst du nicht verlangen. Du musst eben zusehen, dass dir eine Bank hilft. Ich heirate die Lena!«

Ulrich ging wieder zum Stuhl zurück. Schwer ließ er sich darauf niederfallen, beugte sich nach vorn und stützte das Kinn in die Hände. Der Vater ein Spekulant! Es war einfach nicht auszudenken! Ein dumpfes Gefühl drückte ihn in der Brust. Er starrte auf den Boden. Eine kleine Spinne mit hauchdünnen Beinen lief über den bunten Fleckerlteppich. Er verfolgte sie mit seinem Blick, bis sie im Zimmerschatten verschwand und er sie nicht mehr erkennen konnte. Das stumpfe, gelbe Licht der Lampe war ihm plötzlich lästig.

Der Wiesböck stand breitbeinig in der Stube. Auch sein Gesicht war blass geworden, aber seine Vogelaugen funkelten.

»Ich sag's dir jetzt zum letzten Mal, dass das nicht geht. Die Gruber Fanny will dich zum Mann und keinen anderen, und ihr Vater hat mich in der Hand!«

Ulrich hob den Kopf. »Der Haberer hat keinen Sohn. Wenn ich die Lena heirate, kann ich sicher auf den Hof an der Lehn gehen.«

»Und ich?«, fuhr der Wiesböck auf.

»Du verkaufst den Hof, zahlst dem Gruber die Schulden und kaufst dir ein kleines Sachl.«

»Ich soll unsere Heimat, den schönen alten Hof verkaufen, der seit ewigen Zeiten schon einem Wiesböck gehört? Du bist wohl nicht ganz richtig?« Wütend tippte sich der Wiesböck mit dem Zeigefinger an die Stirn.

»Das hättest du dir eben früher überlegen müssen, Vater! Wer sich in Spekulationen einlässt, trägt immer ein großes Risiko. Nun ist es eben anders ausgegangen, als du dir vorgestellt hast. Jetzt heißt es, die Konsequenzen tragen. Ich opfere dafür nicht mein Glück und das Glück Lenas!«

Der Wiesböck antwortete nicht. Er stand ruhig und starrte auf irgendeinen Punkt im Raum. Ulrich blickte zu den Fenstern. Hinter den Scheiben stand die Nacht. Die Sonne war untergegangen. Tiefe, bedrückende Stille herrschte in der Stube. Auf dem Dachfirst schabte der Wind an den Ziegeln.

Die Stille wurde immer drückender. Ulrich spürte plötzlich, dass etwas in der Luft lag, etwas noch Dunkleres, noch Drohenderes. Und da schien es auch schon zu kommen: Der Wiesböck wandte sich ruckartig seinem Sohn zu und stellte sich vor ihn hin. Sein Gesicht war seltsam maskenhaft, fast starr. Nur die Augen schienen ihr tückisches Glitzern nie zu verlieren.

»Es wird dir gar nix anderes übrig bleiben, als die Fanny zur Frau zu nehmen.«

Der Ton ließ Ulrich aufhorchen.

»Ich weiß was vom Haberer, und wenn du dich nicht fügst, dann werde ich's an die große Glocke hängen, werde zur Polizei gehen, und dann ist es mit dem Haberer und seiner ganzen Familie aus!«

Ulrich sprang auf. Sein Blick kreuzte den des Vaters. »Und – und was ist das, was du weißt?«

»Wenn dir die Andeutung nicht genügt, dann muss ich eben alles sagen.« Er holte tief Luft, dann stieß er hervor: »Der Haberer ist ein Mörder!«

Ulrich riss die Augen weit auf. »Ein waas?«

»Ein Mörder!« Der Wiesböck fasste nach den Schultern seines Sohnes und drückte ihn auf den Stuhl zurück. Ulrich glaubte zuerst, die Luft bliebe ihm weg und er müsste ersticken. Ein schwerer Kloß saß ihm in der Kehle, und ein Ungeheuer schien auf seiner Brust zu hocken.

»Das ist zu viel!«, stieß er hervor, »das glaub ich nicht!«

»Meinst, dass ich von jemandem behaupte, er sei ein Mörder, wenn's gar nicht so ist?«

Ulrich wollte fragen, wen der Haberer denn umgebracht habe, aber er brachte jetzt keinen Ton heraus.

Anton Wiesböck holte tief Luft. Dann fuhr er fort: »Es ist schon lange her. Wir sind Burschen gewesen, und da hat er einen Hausierer umgebracht. Draußen, wo das Marterl steht, ist's gewesen. Einen anderen haben sie deswegen verhaftet, und er ist eineinhalb Jahr in Untersuchungshaft gesessen, bis sie die Sache verhandelt haben. Aber dann mussten sie ihn freisprechen, weil sie's ihm nicht beweisen konnten. Sein Leben lang hat er den Makel mit sich herumgetragen, der arme Teufel, und hat mit der ganzen Sache überhaupt nix zu tun gehabt.«

Anton Wiesböck richtete sich straff auf. »Und mir sitzt das Messer an der Kehle«, fuhr er fort, »und wenn du die Gruber Fanny nicht zur Frau nimmst, geh ich zur Polizei und zeig den Vater der Lena an!«

»Das ist doch alles längst verjährt«, sagte Ulrich schwach, obwohl er genau wusste, was der Vater antworten würde. Und der Wiesböck sagte es auch im selben Moment: »Ob verjährt oder nicht, das hat gar nix zu sagen. Die schreckliche Schande bleibt, und die ganze Familie wäre vernichtet. Und ein Verfahren würde dann doch aufgerollt werden, wegen der Ehrenrettung des Verdächtigen, verstehst? Du hast also das Schicksal der Habererfamilie in der Hand, Ulrich!«

Ulrich war es, als wäre alles Licht um ihn erloschen. Er gab dem Vater keine Antwort mehr. Er erhob sich und verließ taumelnd wie ein Betrunkener die Stube.

»Wo willst hin?«, rief ihm der Vater nach, aber er hörte es kaum. Da kam der Wiesböck gelaufen und packte Ulrich am Arm.

»Wo du hingehst, will ich wissen!«

Mit einer einzigen harten und schnellen Bewegung schleuderte er die Hand seines Vaters weg wie ein lästiges Insekt und lief davon. Ziellos rannte er in das Dunkel. Sein Herz schien eine einzige aufgerissene Wunde zu sein, denn es war ihm klar, dass nun alles vorbei sein musste. Er durfte Lena nie mehr in seine Arme nehmen, und er durfte ihr nicht einmal genau sagen, warum.

Schräg hing der Sichelmond am Himmel und versteckte sich immer wieder hinter den vorbeiziehenden Wolken. War es nicht, als verhülle er vor ihm sein Angesicht? Ulrich warf den Kopf in den Nacken. Ein verzweifeltes Stöhnen kam über seine Lippen. Das, was so wunderbar begonnen hatte, war nun schon zu Ende! Er musste ein Mädchen zur Frau nehmen, das er nie gemocht hatte und das er jetzt zu hassen begann! Er ballte die Hände zu Fäusten und drückte sie in die Augenhöhlen. Und Lena? Mein Gott, was wurde aus Lena? Es war einfach nicht auszudenken! Aber wie er auch alles drehte und wie sehr er nach einem Ausweg suchte – es gab keine Lösung! Am Ende stand immer die Bloßstellung, die Schande des Dominik Haberer und seiner ganzen Familie. Und das konnte er Lena niemals antun!

Ulrich lief und lief, und dann fand er sich plötzlich am Ufer des Moorsees. Der Sichelmond warf eine schmale Bahn matten Lichtes auf das dunkle Wasser, das unter dem Wind kleine Wellen warf. Zwischen den ziehenden Wolken blinkten Sterne, und der Wald stand wie eine schwarze Mauer.

Heute erst waren sie diesen Weg gegangen, er und Lena. Und noch im vollen Glück! Was konnte eine einzige Minute im Leben eines Menschen doch verändern! Aus dem hellsten Licht konnte man in das tiefste Dunkel gestürzt werden!

Ulrich starrte auf die Wellen, die in der silbernen Lichtbahn hüpften. Es war alles vorbei – für immer und ewig vorbei! Und wieder presste er die Fäuste an die Augen, denn der Schmerz stieg so jäh und heiß in ihm empor, dass die Tränen kamen. Er fühlte ihre Nässe an seinen Händen. Dann lief er den Uferweg entlang. Er war wie ein gefangenes Tier, das hinter den Gittern nach einem Ausweg sucht, nach einem Ausweg, den es niemals gab.

Ulrich wusste nicht, wie viel Zeit er schon am See verbracht hatte. Er sah nur, dass die Lichtbahn auf dem Wasser erloschen, der Mond hinter dichteren Wolken verschwunden war.

»Lena!«, dachte er immer wieder. »Lena!« Und dann war die Sehnsucht wie ein zehrendes Feuer in ihm. Er musste sie sehen, er musste die Wärme ihres Körpers spüren und ihre Stimme hören! Jäh wandte er sich um und lief den Weg zurück, schlug die Richtung nach dem Hof an der Lehn ein.

Hinter den Fenstern war es dunkel. Aber er wusste, in welcher Kammer Lena schlief. Er suchte nach einem kleinen Stein und warf ihn gegen die Scheibe. Er musste es noch ein paar Mal versuchen, ehe Lena erwachte.

»Ja?«, fragte sie leise.

»Ich bin's, der Ulrich! Komm einen Augenblick herunter!«, flüsterte er.

Er brauchte nicht lange zu warten. Sie hatte den Mantel über ihr Nachthemd gezogen. Er streckte seine Arme aus, und sie ließ sich hineinsinken. Er presste sie an sich, so fest und so stürmisch, dass er spürte, wie sie kaum noch Luft bekam.

»Ich liebe dich, Lena, ich liebe dich!«, flüsterte er, und er wusste, dass es das letzte Mal war, dass er sie in seinen Armen halten konnte, dass es der Abschied für immer war.

»Was ist denn, Ulrich, was ist denn?«, hörte er ihre ängstliche Stimme, aber er gab keine Antwort, sondern verschloss ihr den Mund mit Küssen.

»Es ist der Abschied«, dachte er, »der Abschied ...«

Er strich über die glatte Haut ihres Gesichts, wühlte in ihrem aufgelösten Haar und presste sie immer wieder an sich.

»Ulrich, was ist?«

»Nix, Lena, nix ...« Seine Stimme klang heiser und fremd. Er hörte es selbst. Und dann spürte er, wie langsam die Tränen aus seinen Augen rannen. Und seltsam, auch die Wolken öffneten sich.

»Es fängt zu regnen an«, sagte Lena.

»Ja, es fängt zu regnen an.« Er spürte, wie sich auf seinem Gesicht der Regen mit den Tränen vermischte und wie es ganz nass wurde.

»Jetzt geh«, sagte er dann, »sonst erkältest du dich noch.«

»Gute Nacht, Ulrich!« Ihre Stimme klang ein wenig ratlos. Er stand stumm und horchte ihren leisen Schritten nach. Und dann spürte er plötzlich den kalten, scharfen Schmerz in seiner Brust, den er noch öfter spüren würde. Er ging heim. Und die ganze Nacht hindurch rauschten Regen und Wind.

Als die Regentage vorüber waren, kam der Sommer wieder ins Tal zurück. Wohl waren die Heckenrosen am Wiesenrain verblüht, ihr süßer Duft verweht, aber grün leuchteten die Matten, tiefblau der Himmel und weiß der Gipfel des Greinbachhorns.

In diesen Wochen wusste Lena Haberer, dass das Glück für sie zu Ende war, obwohl sie das Unheil in seiner ganzen Tragweite noch nicht zu fassen wusste. Ulrich war nicht mehr gekommen, sie hatte ihn nirgends mehr gesehen, und je öfter sie sich jenen Abend ins Gedächtnis rief, an dem er unten an ihrem Kammerfenster gestanden und sie gerufen hatte, desto deutlicher kam ihr zu Bewusstsein, dass dies der Abschied gewesen sein musste. Ein seltsamer Abschied! Sie wusste ganz fest, dass er sie an diesem Abend noch geliebt hatte. Also musste es ein Abschied gegen seinen Willen gewesen sein. So überwog bei Lena noch die Hoffnung. Sie suchte Ulrich nicht, denn in ihrem Herzen vertraute sie ihm weiterhin. Eines Tages würde er wiederkommen, und eines Tages würde er ihr auch sagen, was geschehen war.

Schmerzvoll, doch ohne Neid blickte sie oft zu Anna hin, die aufgeblüht war wie eine Rose. Denn für Anna war dieser Sommer ein Sommer des Glücks. Wie sie recht vermutet hatte, tanzte Markus nicht gern und war deswegen auch damals nicht zum Tanz gekommen. Aber sie waren wieder zusammengetroffen, hatten sich immer wieder gesehen, und den Himmel ihrer Liebe trübte keine einzige Wolke.

Klara aber, die Herbe, Stolze, schien ihr eigenes Leben zu leben. Auch mit den Schwestern schien sie nicht sehr verbunden zu sein. Sie fragte kaum nach deren Glück oder Leid. Sie stand immer etwas abseits, und in den Feierabendstunden zog sie sich mit den Büchern, die sie sich regelmäßig beim Lehrer auslieh, in irgendeinen Winkel, zu irgendeinem stillen Plätzchen zurück.

Die Sehnsucht nach der Welt draußen erfüllte ihr ganzes Herz. Das Bauerndasein in diesem von der Welt abgeschiedenen Gebirgswinkel behagte ihr nicht. Sie hielt nur die Zeit noch nicht für gekommen. Aber eines Tages, das wusste sie, würde sie fortgehen von hier, würde die Öde, das trostlose Dasein hinter sich lassen. Sie würde in eine Stadt gehen, in der pulsierendes Leben war, wo Autos fuhren und nicht nur Fuhrwerke wie hier, wo an den hohen Häusern bunte Leuchtreklamen flammten, wie sie es schon auf Bildern gesehen hatte! Oh, was würde das für ein Leben sein!

Klara hatte es satt, im Stall und auf den Wiesen zu arbeiten, sich vom Vater herumkommandieren zu lassen und jahraus, jahrein immer nur dieselben wenigen einfachen Kleider zu tragen. Ein neues bekam man nur, wenn ein paar andere schon so abgetragen waren, dass sie fast in Fetzen gingen.

Und die Burschen hier, was waren das schon für Männer! Dumme Bauerntölpel! Wenn sie heirateten, dann mussten ihre Frauen schwer arbeiten, bekamen ein Kind nach dem anderen, und sie selber verbrachten dann alle ihre Freizeit im Wirtshaus. Nein, für ein solches Leben war sie nicht geeignet!

An diesem Tag ging sie gleich nach Feierabend mit einem Buch unter dem Arm zu ihrem Lieblingsplatz an der Lehn. Sie kletterte am steilen, felsigen Hang empor, bis sie zu einer kleinen Mulde kam, in der eine Fichte wuchs. Dort setzte sie sich ins Gras. Man hatte von hier aus einen unbeschreiblich schönen Ausblick auf das Tal und die mächtigen Gipfel. Aber das war es nicht, was Klara hierher zog, sondern der Platz selbst. Er war etwas abgeschieden, es führte kein Weg vorbei, und deshalb kam auch kaum ein Mensch hierher.

Klara setzte sich ins Gras, schlug ihr Buch auf und war bald so sehr in dessen Inhalt vertieft, dass sie den Hund nicht bemerkte, der in ihrer Nähe herumlief. Erst als er zu bellen begann, schaute sie auf. Und da sah sie auch schon Bertold Dobler, ausgerechnet ihn, quer über den Steilhang kommen.

»Jetzt weiß ich, warum ich dich so selten nach Feierabend sehe«, sagte er lächelnd, »weil du wahrscheinlich immer hier sitzt.«

Der Hund umkreiste sie jetzt und stieß noch hie und da ein kurzes Bellen aus.

»Still, Arko!«, rief ihm Bertold zu und ließ sich dann neben Klara ins Gras nieder. Sie legte einen Finger zwischen die Seiten und klappte das Buch zu.

»Wer hat denn gesagt, dass du dich hersetzen sollst? Siehst du nicht, dass ich gern lesen möchte?«

Zuerst war er über die Deutlichkeit ihrer Worte verdutzt, dann trat ein trauriger Ausdruck in seine Augen, als er in ihr Gesicht blickte.

»Klara! Warum bist du immer so abweisend zu mir?«
»Ich bin zu dir nicht anders als zu den anderen!«
»Das ist's ja gerade!«

Auf ihrem hellen Haar tanzten Sonnenkringel. Sie schaute an ihm vorbei über das Tal hinaus. In ihren Augen stand wieder jenes dunkle, seltsame Licht.

»Klara!« Er rückte näher, und plötzlich lag seine Hand auf der ihren. Sie wandte den Kopf und sah sein Gesicht, sah das Leuchten in seinen warmen, guten Augen und spürte, wie sich in ihrem Herzen etwas regte. Aber es dauerte nur eine Sekunde, dann war es vorbei. Mit einer schnellen Bewegung zog sie ihre Hand unter der seinen fort.

»Klara, du weißt es doch sicher schon lange, dass ich dich gern hab. Kann es mit uns denn gar nix werden?«

»Nein, Bertold!« Sie sprach es klar, fast hart.

»Du magst mich also gar nicht?«, fragte er.

»Was heißt schon mögen«, wich sie aus. »Du bist mir nicht unsympathisch. Aber heiraten – nein.«

»Ich seh's deinem Gesicht an, dass du andere Dinge im Kopf hast«, sagte er dann.

»Andere Dinge?«
»Ja.«

Der Hund, der sich gelegt hatte, richtete sich wieder auf und lief am Hang herum.

Klara schlug ihr Buch wieder auf. »Ich möchte jetzt weiterlesen«, sagte sie kalt.

Bertold Dobler erhob sich und schaute auf sie herunter. »Du kommst mir manchmal vor wie ein schönes Bild, aus Stein gehauen, das aber ohne Leben ist.«

Als sie zu ihm aufschaute, lächelte sie, und dieses Lächeln schien ihn zu verwirren.

»Klara! Warum bist du nur so?«, stieß er hervor.

Ihr Lächeln erstarrte, und sie schaute wieder auf ihr Buch hinunter. Da ging er. »Komm, Arko!«, hörte sie ihn noch rufen.

Nach einer Weile war von den beiden nichts mehr zu sehen. Klara hob wieder den Kopf und schaute über das Tal hinweg. Ihre Augen weiteten sich und wurden groß. Sie sah das Blau des Berghimmels nicht und nicht die Gipfel, die das Tal bekränzten. In ihrem Blick stand wieder die Sehnsucht nach einer Welt, die sie nicht kannte.

Lange saß sie so auf ihrem Platz. Sie hatte das Buch zur Seite gelegt. Sie schaute der Sonne zu, wie sie hinter dem Wieskogl verschwand, wie die Lofarerwand zu leuchten begann und der Himmel grün, purpurn und violett schimmerte. Aber das alles ließ ihr Herz kalt. Als die ersten Sterne am noch hellen Himmel heraufzogen, erhob sie sich und ging heim.

Der nächste Tag brachte für den Hof an der Lehn einen schweren Schicksalsschlag. Bartl, der Knecht, hatte anscheinend doch von dem Vorfall mit dem Beil geplaudert, denn ein Polizeiauto, gefolgt von einem Krankenwagen, kam auf den Hof gefahren. Die Beamten fragten nach Elisabeth Haberer, gegen die ein Haftbefehl wegen versuchten Totschlags vorliege. Die Beschuldigte sei festzunehmen und zunächst in eine psychiatrische Klinik zu verbringen, wo sie auf ihre Schuldfähigkeit untersucht und gegebenenfalls einer geeigneten Therapie unterzogen werden solle.

Klara war mit dem Vater draußen auf den Wiesen, der Knecht war im Wald, und nur Lena und Anna waren bei der Mutter zu Hause.

»Ich muss erst den Vater holen«, sagte Lena zu den Männern. Dann lief sie, so schnell sie konnte, zu den Wiesen und holte den Haberer und Klara nach Hause.

»Die Mutter soll abgeholt werden in eine Anstalt«, keuchte sie in Panik.

Zu Hause musste auch der Bauer erst einmal Luft holen, um sich mit den Männern auf eine Debatte einlassen zu können. Die Mädchen weinten, aber es half alles nichts.

Einer der Polizeibeamten versuchte ihnen klar zu machen, dass ein Mensch, der unter einer solchen Krankheit litt, unberechenbar sei. Das habe ja der Angriff mit dem Beil deutlich gezeigt. Solche Patienten müssten behandelt, die Gesellschaft vor ihnen geschützt werden.

Man sah es dem Haberer an, dass er begriff. Und wenn ihn auch mit seiner Frau nicht mehr viel verbunden hatte, so spürte er doch, dass dies einen Einschnitt in sein Leben bedeutete. Und er wusste außerdem, dass es notwendig war. Gerade in den letzten Wochen waren die Symptome der Geisteskrankheit seiner Frau wiederholt aufgetreten.

Anna trat zur Mutter in die Kammer, um ihr zu sagen, dass sie in ein Krankenhaus müsse. Die Bäuerin lag im Bett, und ihr Gesicht zeigte wieder jenen abwesenden Ausdruck.

»Mutter, du musst aufstehen und dich anziehen,

komm!« In den Augen des Mädchens lag namenlose Trauer, und die Tränen liefen ihr über das Gesicht.

»Warum weinst denn?«, fragte die Bäuerin leise.

»Weil du fortmusst, Mutter.«

»Und warum muss ich fort?«

»Weil sie dich gesund machen wollen, verstehst du?«

»Deswegen brauchst doch nicht zu weinen.« Elisabeth Haberer stieg aus ihrem Bett und schlüpfte gehorsam wie ein Kind in ihre Kleider.

»Ich wein eben, weil du fortmusst, Mutter, weil du dann nimmer da bist.«

»Ich komm ja wieder!«

In diesem Augenblick spürte Anna, wie ein schweres, dumpfes Gefühl von ihr Besitz ergriff, wie es sich lastend auf ihre Brust legte.

»Ja, du kommst ja wieder, Mutter«, schluchzte sie. Der Bauer, Lena und Klara waren unter die Tür getreten, und Lena machte sich nun daran, einen großen, zerbeulten Koffer mit den Sachen der Mutter zu füllen.

Dominik Haberer hatte angenommen, dass sich seine Frau sträuben, dass sie vielleicht schreien würde. Aber seltsamerweise geschah nichts dergleichen. Sie benahm sich so, als wäre ihr Fortgehen das Selbstverständlichste von der Welt.

Klara stand ein paar Augenblicke starr da, als sie auf die Mutter blickte, dann schossen auch ihr die Tränen in die Augen. Es war ein zu Herzen gehender Anblick, wie ruhig, fast demütig Elisabeth Haberer sich in ihr Schicksal fügte.

Klara wandte sich hastig ab.

»Ich pack dir die Reisetasche, Vater«, sagte sie und lief nach unten.

»Komm, Lisbeth!« Der Haberer fasste seine Frau am Arm und führte sie fast behutsam aus der Kammer und die Treppe hinunter. Mit weit aufgerissenen Augen starrte sie vor sich hin und setzte wie eine Marionette einen Fuß vor den andern.

Vor dem Haus kamen die zwei Sanitäter und wollten die Bäuerin in Empfang nehmen, aber der Haberer schob sie auf die Seite.

»Ist nicht nötig«, sagte er.

Anna war nachgekommen und brachte den Koffer. Dann kamen auch Lena und Klara.

»Wir besuchen dich bald, Mutter!«, riefen sie alle drei wie aus einem Mund, und dann fielen sie der Bäuerin um den Hals. Sie versuchten die Tränen zurückzuhalten, aber sie konnten es nicht. Schließlich blieb die Bäuerin reglos vor dem Krankenwagen stehen und blickte horchend in die Ferne.

»Der Anderl ist nicht gekommen«, flüsterte sie, »aber vielleicht weiß er's nicht, dass ich fortmuss.«

»Komm, Lisbeth!«, sagte der Haberer wieder, schob seine Frau ins Auto und kletterte nach.

Anna stand lange wie erstarrt auf dem gleichen Fleck. Es war ihr, als hätte sich die Bläue des Himmels verdunkelt. Fast schemenhaft sah sie noch einmal das bleiche Gesicht der Mutter, dann fuhr das Auto an. Der Motor brummte laut, und bald war es den Blicken der Mädchen entschwunden.

»Ich kann's nicht glauben«, flüsterte Anna.

»Sie kommt nicht wieder nach Hause, ich fühl' es«, stammelte Lena.

»Nein, sie kommt nicht wieder!« Klara warf mit einer schnellen Bewegung den Kopf in den Nacken und trocknete die Tränen auf ihrem Gesicht. »Schizophrenie kann nicht geheilt werden, sie wird nur immer schlimmer.«

Da schluchzte Anna auf und lief davon.

»Wo rennst denn hin?«, rief ihr Lena nach.

»Zum Markus!«

Sie musste jetzt zu ihm! Sie musste sich dort, wo sie liebte, Trost holen!

Die Bäuerin vom Egger-Hof saß in der Stube und flickte Wäsche.

»Ist der Markus nicht da?«, fragte Anna atemlos.

Die Bäuerin hob die Brauen. »Nein, er ist im Bachwald. Sie schlagen Unterholz aus. Ist was passiert?«

Anna nickte heftig. »Die Mutter – die Mutter haben sie abgeholt!«

Die Eggerin ließ das Flickzeug in den Schoß sinken. »Abgeholt?«

»Ja, ins Nervenkrankenhaus!«

»Ach so!« Die Falten auf der Stirn der Bäuerin glätteten sich. »Es ist Gottes Wille. Alles ist Gottes Wille, das musst du bedenken, und dagegen darf man sich nicht auflehnen!«

In ihren dunklen Augen, die die gleichen waren wie die ihres Sohnes, brannte plötzlich ein Licht – düster, wie es Anna erschien. Die Egger-Bäuerin war als bigottisch bekannt, und selbst der Pfarrer, der natürliche Frömmigkeit liebte, konnte mit ihr nicht warm werden. Ihm gegenüber benahm sie sich, als wäre er seines Amtes nicht würdig. Das wussten alle Leute im Dorf.

Anna lief aus der Stube. Sie konnte sich jetzt nicht länger mit der Bäuerin unterhalten, sie musste zu Markus, sie brauchte seinen Trost. Sie rannte den Weidezaun entlang, kam an das Bächlein, das in den breiten Wildbach mündete, sprang hinüber und lief in den Wald, der den Eggers gehörte. Schon von weitem hörte sie Axtschläge und die Stimmen der Männer. Und dann sah sie ihn.

»Markus!«, rief sie, und noch einmal »Markus!« Endlich wurde er auf sie aufmerksam, legte die Axt beiseite und kam zu ihr her.

»Anna! Ist was passiert? Du schaust so verstört aus!«

»Ja, die Mutter haben sie abgeholt, ins Nervenkrankenhaus! Sie kommt bestimmt nimmer wieder heim!«

Und nun liefen ihr die Tränen aus den Augen und rannen über ihre Wangen herab.

»Komm!« Markus legte seinen Arm um ihre Schulter, drückte sie leicht an sich und führte sie aus dem Blickfeld der anderen. Am hinteren Waldrand setzten sie sich ins Gras. Seine Hand streichelte ihr Haar.

»Sei still, wein nicht mehr. Schau, man muss nicht immer gleich das Schlimmste annehmen. Es wird nichts so heiß gegessen, wie es gekocht wird! Deine Mutter kommt jetzt in fachärztliche Behandlung, und es kann sein, dass sie so weit geheilt wird, dass sie wieder nach Hause kommen kann.«

Anna hörte seine sanfte, ruhige Stimme, die ihr bis ins Herz zu dringen schien, und sie spürte, wie sie ruhiger wurde. Markus zog sein Taschentuch hervor und wischte ihr damit über das Gesicht. Dann legte er seine Hand unter ihr Kinn und zwang ihren Blick in den seinen.

»Man darf nie ganz verzweifeln! Es gibt nichts auf der Welt, das es wert wäre, sich völliger Verzweiflung hinzugeben. Wo Schatten ist, ist auch immer ein Quäntchen Licht, Anna. Und dieses Licht ist der Trost.«

Ganz groß sah sie seine dunklen Augen vor sich. Und jäh erkannte sie, dass darin das gleiche Licht glomm wie in den Augen seiner Mutter. Ihr und auch ihm noch unbewusst, bahnte sich geheimnisvoll schon jetzt der Weg an, den Markus Egger eines Tages gehen würde. Anna fasste wohl in diesen Sekunden der Hauch einer Ahnung an, aber zu deuten vermochte sie sie nicht. Sie hörte über sich in den Kronen der Bäume das ewige Rauschen des Windes, sah, als sie den Blick von Markus' Gesicht abwandte, die weite Wiese vor sich im Glanz der Sonne liegen, sah die Falter, die darüber hinwegflogen, und den Himmel, den weiten, wunderbaren Himmel, durch den weiße Wolken zogen, Segelschiffen gleich, die von einer Welt zur anderen fuhren.

Viel später erst, nach Jahren, würden Anna diese Minuten wieder in den Sinn kommen, und dann konnte sie sie erst ganz begreifen. Jetzt aber nahm Markus sie ganz fest in seine Arme und küsste sie. Sie sah seine Augen nicht mehr. Sie spürte nur seine Zärtlichkeiten, und ihr Schmerz um die Mutter wurde kleiner.

»Fee! Meine süße Fee!«, flüsterte ihr Markus ins Ohr, und sie zitterte ein wenig unter dem Drängen seiner Stimme. »Treffen wir uns heut Abend hier? Es ist schön da.«

Anna nickte. »Der Vater ist nicht zu Hause. Er ist mit der Mutter gefahren und kommt erst morgen wieder zurück. Ich brauch nicht zu sagen, wohin ich geh, und auch nicht gleich wieder heim, wie sonst.«

»Das ist fein«, lächelte er, »das müssen wir ausnützen!«

Eine kurze Weile blieben sie noch sitzen, dann erhob sich Markus und zog Anna empor.

»Ich muss wieder an die Arbeit«, sagte er. »Also dann bis heute Abend!« Er drückte einen schnellen Kuss auf ihren Mund und winkte ihr nach, als sie sich im Gehen umwandte. Sie sprang wieder über das Bächlein und ging ganz langsam nach Hause. Jetzt, da sie bei Markus gewesen war und seine tröstenden Worte gehört hatte, war sie ruhiger geworden. Und Markus hatte Recht. Es konnte mit der Mutter ja noch einmal besser werden, als es vorher gewesen war! Der Himmel war wieder blau und schön, und schön die Berge mit den dunklen Wäldern an den Flanken! Die Schatten waren vertrieben.

Den ganzen Tag freute sie sich auf das Wiedersehen am Abend mit Markus. Als sie in der Küche stand und das Geschirr abtrocknete, hielt sie in der Bewegung still und horchte nach innen. Sie spürte, wie sehr sie Markus verbunden war und dass das Zusammensein mit ihm dem Einerlei ihrer Tage Glanz verlieh. Sie konnte es sich nicht vorstellen, wie es wäre, wenn er nicht mehr existierte.

Am Abend dann zog sie ihren Arbeitskittel aus und schlüpfte in ihr gutes Dirndlkleid. Zu dem weiten schwarzen Rock mit den aufgesetzten Samtbändern gehörten ein blaues Mieder und eine weiße Leinenbluse. Ihr waren Handstickereien aufgenäht, die noch von der Großmutter stammten. Von den Farben dieses Gewandes stachen die blonden Haare wundervoll ab. Anna hatte sie in einen einzigen Zopf geflochten und ließ ihn über die linke Schulter hängen. Das Blau des Mieders war fast genau das Blau ihrer Augen.

»Wo gehst denn hin?«, fragte Lena. Ihr Gesicht war traurig und blass. »Du machst dich so schön!«

»Ich treffe mich mit dem Markus.«

»Ach so!« Lena wandte sich hastig ab.

Es war noch Tag, als Anna zum Bachwald hinaufging, und Markus war schon da. Er saß auf dem gleichen Platz, an dem sie Stunden zuvor gesessen hatten. Als er sie kommen sah, sprang er auf.

»Du bist heut so schön!«, rief er überrascht. »Ich kenne dich noch gar nicht so!«

Anna lächelte glücklich. »Aber in dem Gewand hast mich doch schon öfter gesehen. Vielleicht macht's der Zopf?«

Seine Augen leuchteten auf. »Ja, das ist's, was dir so gut steht!«

Mit einem schnellen Blick schaute er sich um, ob niemand da war, der sie sehen konnte, dann nahm er sie in seine Arme und küsste sie leidenschaftlich. Dann nahm er sie an der Hand und lief mit ihr fort. Und mit einem Mal war es, als käme ein Taumel über ihn. Er rannte und zog sie mit sich, und während er lief, lachte er, und sie lachte mit. Und dann ging das Lachen in Jauchzen über, und er blieb stehen, fasste Anna um die Taille, hob sie hoch und wirbelte sie im Kreis.

»Mir wird schwindlig!«, kreischte sie.

»Das macht nix!« Mit einem schnellen Ruck ließ er sie auf den Boden gleiten und zog sie wieder mit sich fort. Lachend rannten sie zum Waldrand zurück, wo sie hergekommen waren.

Über dem Wieskogl hatte sich ein breites Wolkenband gebildet, und die Sonne war dahinter verschwunden. Plötzlich brach die Dämmerung herein.

Außer Atem kamen Markus und Anna zu ihrem Platz zurück. Er warf sich ins Gras und zog das Mädchen mit hinunter. Er atmete schnell und hastig.

»Jetzt sind wir aber gelaufen!«, stöhnte er lachend.

Anna griff nach ihrem Zopf. Das Bändchen am Ende war locker, und sie versuchte es neu zu binden. Aber Markus legte seine Hand auf die ihre.

»Lass es! Du bist so hübsch mit offenem Haar!«

Er nahm das Bändchen und steckte es in seine Hosentasche. Langsam lösten sich die einzelnen Strähnen des Zopfes auf, und plötzlich war da eine Flut hellsilbernen Haares um Annas Schultern.

Das breite Wolkenband über dem Wieskogl hatte einen purpurnen Rand bekommen, und ein Abglanz davon lag auf der Lofarerwand. Die Wälder hatten sich eingedunkelt, aber das Grün der Matten schien noch einmal aufzuleuchten. Und dann kam die Nacht. Dem ersten Stern, der schon in der frühen Dämmerung heraufgezogen war, folgten die anderen, und das feine Sausen des Windes ging durch den Wald.

»Es ist so dunkel«, hörte Anna Markus sagen, »ich sehe kaum dein Gesicht. Aber dafür kann ich es fühlen.«

Seine Hände umschlossen ihre Wangen, und dann kam wie eine rauschende Woge ein Gefühl tiefer Seligkeit über Anna. Der Schmerz um die Mutter rückte in weite Ferne. Sie ließ sich einfach fallen, in eine Tiefe, die ganz ausgefüllt war von Glück. Markus' Hände fuhren in ihr Haar und breiteten es aus. Sie spürte seinen Atem, der heiß war, und seine Hände, die sie an den Schultern fassten und ganz ins Gras niederdrückten. Schemenhaft sah sie sein Gesicht über sich, hörte sie ihn sagen: »Ich hab dich gern, Anna!«

Es war nur wie ein Hauch, aber wie ein breiter Strom füllten die Worte das ganze Herz des Mädchens aus. Anna spürte seine Küsse auf ihrem Mund, auf ihrem

Gesicht und wünschte sich, dass diese Nacht nie ein Ende nehmen möge.

Wenn sie die Augen öffnete und an den dunklen Umrissen seines Kopfes vorbeiblickte, sah sie den dunkelsamtenen Himmel mit seinen Sternen. Es war ihr, als befände sie sich in einem weiten, schönen fremden Land, und Markus war immer an ihrer Seite. Sie spürte das Drängen seiner Hände, seinen Atem, der schnell und hastig wurde, hörte seine kosenden Worte und gab sich ganz der Liebe hin. Und in der Luft stand der süße Geruch von Harz und Nadeln.

Der Sommer war vergangen, wie ein Blatt im Wind verweht, vergangen die Nächte voll Sternenschein und Mondlicht. Verblüht waren die Blumen, nur einzelne Blüten der Kletterrosen an den Bauernhäusern leuchteten noch bleich in der frühen Dämmerung. Der Wind hatte die letzten Blätter von den Bäumen gepflückt, und Novembernebel klatschte sie nass auf den Boden.

Für Anna Haberer war ein Sommer der seligen Liebe vergangen. Markus hatte Abschied genommen und war in die ferne Stadt gereist, um sein Studium zu beginnen.

»Im März komm ich wieder!«, hatte er gesagt. »Nein, Weihnachten bin ich natürlich auch ein paar Tage zu Hause, wenn mir der Vater das Geld für die Fahrt gibt.«

Und Anna freute sich jetzt auf das Weihnachtsfest wie ein kleines Kind. Sie würde wieder mit Markus zusammen sein! Sie würden mit dem Schlitten die Hänge hinunterfahren, würden sich mit Schneebällen bewerfen! Anna war glücklich, wie sie es noch nie in ihrem Leben gewesen war. Obwohl sie die Anlage zur Schwermut von der Mutter geerbt hatte, ohne es zu ahnen, war sie die Einzige auf dem Haberer-Hof, die ein fröhliches Gesicht zur Schau trug.

Der Haberer aber hatte sich verändert, seitdem seine Frau in die Heilanstalt gekommen war. Es war, als lebe er nun sein eigenes Leben. Um seine Töchter kümmerte er sich kaum mehr. Er ließ sich gehen und ging viel ins Wirtshaus. Der unstete Blick in seinen Augen hatte sich noch verstärkt, und wenn er Lenas leeres Gesicht sah, wandte er sich jedes Mal hastig ab.

An diesem Nachmittag, der eingehüllt war in graues, trübes Novemberlicht, ging er wieder früh ins Wirtshaus. Die Gaststube war noch leer. Er hockte sich auf einen Stuhl, legte die Arme auf den Tisch und starrte an die holzgetäfelte Wand. Als die Tür zur Küche aufging und er hinschaute, riss es ihm einfach die Augen auf. Eine Frau in den Vierzigern, vollschlank, mit glattem Gesicht und schwarzem, aufgestecktem Haar kam in die Gaststube.

»Grüß dich Gott, Bauer«, sagte sie mit einem schnellen Blick auf seine Kleidung. »Ich bin die neue Kellnerin und heiße Sophie. Was magst denn trinken?«

Der Haberer fand nicht gleich die Sprache wieder. War das ein Frauenzimmer! Da war wirklich alles dran! Vollschlank und doch nicht dick, ein Gesicht wie Milch und Blut, große, wasserhelle Augen und tiefschwarz glänzendes Haar! Und dabei kein junges, unreifes Ding, sondern eine Frau, die dem Alter nach genau zu ihm passen würde! Blitzschnell verglich der Haberer die Kellnerin mit der farblosen Erscheinung seiner Frau. Du lieber Gott! Er wischte sich mit dem Handrücken über den Mund, als hätte er gerade etwas Saftiges verzehrt.

»Was willst trinken?«, fragte die Kellnerin noch einmal, ungerührt ob der bewundernden Blicke, die sie aus seinen Augen trafen.

»Bring mir einen Krug Roten«, sagte er und fügte dann hinzu: »Ich bin der Haberer Dominik vom Hof an der Lehn.«

»Aha«, sagte die Kellnerin nur, verließ den Tisch, goss den Wein in den Krug und kam damit wieder zurück.

»Bist hier neu eingestanden?«, fragte der Bauer.

Sie nickte.

»Wie hast denn bloß hierher gefunden! Wir wohnen doch fast am Ende der Welt!«

Die Kellnerin gab ihm keine direkte Antwort. »Es ist doch schön hier«, sagte sie nur. Dann ging sie an die Theke und begann Gläser und Krüge einzuordnen.

Lange saß der Haberer nicht allein. Eine halbe Stunde später kamen auch die anderen, und fast alle schickten ihre bewundernden Blicke zu Sophie hinüber.

»Da hat der Wirt aber was Besonderes aufgelesen!«, sagte einer der Männer anerkennend, »so was haben wir noch nicht dagehabt!«

Der Haberer hockte an diesem Tag, entgegen seiner sonstigen Gewohnheit, ziemlich still auf seinem Platz, nur seine Augen wanderten immer hinter der Kellnerin her, wenn sie sich bewegte.

Als sie an den Tisch kam, um ihm einen neuen Krug Roten zu bringen, klopfte er ihr auf den Rücken. Sie wandte sich ihm zu. Ihr Gesicht war unbewegt, aber in ihren Augen stand ein Glitzern.

»Lass das sein! Das mag ich nicht!«

Er erschrak fast über ihren abweisenden Ton, aber er reizte ihn zugleich. Als er später einmal hinausmusste und über den Gang lief, kam Sophie aus der Küchentür. Er konnte nicht anders, er packte sie einfach an den Armen, um sie an sich zu pressen, aber sie stieß ihn heftig und mit empörter Miene zurück.

»Das merk dir, Bauer«, sagte sie, »für so was bin ich nicht zu haben! Du hast Frau und Kinder daheim, wie ich annehme! Also lass mich in Ruhe!«

Sie ließ ihn stehen und verschwand hinter einer der Türen, die vom Gang abgingen.

Der Haberer aber blieb an diesem Abend so lange im »Schimmel« wie schon lange nicht mehr. Er trank einen Krug nach dem anderen und hatte schon glasige Augen und eine schwere Zunge, als der Wirt ihn mahnte, nun auch heimzugehen. Die anderen waren schon fort.

Lallend erhob er sich und taumelte zur Tür. Sophie drückte sie hinter ihm ins Schloss und drehte den Schlüssel. Ihren verächtlichen Blick konnte er nicht mehr sehen.

Im matten Schein des Hauslichts sah der Haberer, dass es neblig geworden war – ein diesiges Grau, hinter dem sich Himmel und Bäume versteckten. Er taumelte den Weg entlang, den er gerade noch zu erkennen vermochte. Als hinter ihm das Licht erlosch, ging er plötzlich in einer grauen Leere, die keinen Anfang und kein Ende zu haben schien. Plötzlich überfielen ihn die Gedanken an Lisbeth. Sie war fort, und es dünkte ihm so weit, als gäbe es sie gar nicht mehr. Er blieb stehen, machte eine Grätsche, um sich aufrecht halten zu können, und horchte in sich hinein. Und da spürte er in seiner taumeligen Trunkenheit, dass er sich schon ganz von seiner Frau losgelöst hatte. Sie würde nie mehr nach Hause kommen. Ihr Leiden verschlechterte sich. Er musste jeden Monat zahlen, und wahrscheinlich würde sie in der Anstalt sterben. Es machte ihm nicht das Geringste mehr aus, wenn er daran dachte. Jetzt schon gar nicht mehr, seit er Sophie gesehen hatte!

Der Haberer langte an seinen alten Filz hinauf und rückte daran herum, dann setzte er sich wieder in Bewegung. Das diesige Grau, das er nun in der Dunkelheit nicht mehr sehen konnte, war wie ein dichtes Tuch, das sich vor sein Gesicht legte und ihm den Atem nehmen wollte. Nur mit Mühe fand er die Richtung. Und dann war plötzlich ein Licht da. Seltsam verschwommen und rund stand es im Nebel, und dann hörte er die Stimme Lenas rufen, die wohl seine Schritte gehört haben musste: »Vater! Vater, bist du's?«

»Ja«, rief er heiser zurück, »ich bin's!« Da begann das verschwommene runde Licht plötzlich zu schwanken und kam näher. Und dann sah der Haberer, dass es Lena mit einer Laterne war.

»Ich wollte dich grad abholen, weil's schon so spät und so neblig ist«, sagte sie.

Er brummte etwas vor sich hin und war doch froh, dass er nun nicht mehr denken und sich um den Weg kümmern musste.

»Komm!«, sagte Lena, fasste ihn am Arm und führte ihn heim.

»Der Weg kommt mir aber weit vor«, murmelte er.

Lena antwortete nicht. Das matte Licht der Laterne ließ in kleinem Umkreis erkennen, dass der Nebel noch dichter geworden war.

Der Haberer-Bauer blieb plötzlich stehen und schwankte dabei heftig hin und her. Er wäre zu Boden gestürzt, wenn ihn Lena nicht gehalten hätte.

»Ich weiß, dass du bös bist«, lallte er, »weil ich einen Rausch hab. Aber das ist wurscht, wenn ich einen hab! Es ist überhaupt alles wurscht, verstehst du? Wir können doch an nix was ändern. An gar nix! Wir müssen's einfach so nehmen, wie's kommt, und damit fertig werden, verstehst du?«

»Komm, Vater«, sagte Lena nur, »es ist kalt.«

Als sie endlich daheim angekommen waren, half sie ihm in der Schlafstube noch beim Auskleiden und zog die Decke über seine Schultern. Sie hatte kaum den Raum verlassen, als er schon zu schnarchen anfing.

Lena aber schlich sich leise in die Kammer, damit Anna nicht erwachte – Anna, die glücklich war und sicher jetzt von Markus Egger träumte.

Lena zog sich die Decke bis zu den Wangen hoch. Sie konnte noch immer nicht schlafen. Der Nebel draußen schien ihr das Herz abzudrücken, wenn es überhaupt noch abzudrücken war. In diesen vergangenen Wochen war es ihr zur endgültigen Gewissheit geworden, dass es für sie niemals mehr ein Glück mit Ulrich geben konnte. Überall munkelten die Leute, dass Ulrich und die Fanny Gruber wohl ein Paar werden würden. Man munkelte es nur, und Lena hatte die beiden noch nie zusammen gesehen. Trotzdem musste etwas Wahres daran sein, sonst hätte Ulrich sie doch nicht einfach im Stich gelassen. Wie konnte sich das Glück nur so wenden! Warum war Ulrich von ihr gegangen und hatte sich mit einer anderen eingelassen? Lena vermochte es nicht zu begreifen. Und fast wie jede Nacht überwältigte sie wieder der Schmerz, ergriff ganz von ihr Besitz, und die Tränen rannen unablässig aus ihren Augen und netzten das Kissen.

Noch lange konnte Lena keinen Schlaf finden. Und am nächsten Morgen, als sie aufstehen musste, fühlte sie sich müde und zerschlagen.

Den Sonntag in der Kirche, der darauf folgte, würde sie nie in ihrem Leben vergessen. Sie kam mit dem Vater und den beiden Schwestern und schaute sich verstohlen nach Ulrich um. Die Sehnsucht nach ihm in ihr war wie ein bohrender, schneidender Schmerz, der mit nichts zu betäuben war.

»Geht voraus«, sagte sie dann zu ihren Leuten, »ich komm gleich nach.«

Sie stellte sich abseits, und dann sah sie Ulrich wirklich. Er war noch nicht in der Kirche. Lena presste unwillkürlich beide Hände auf ihre Brust, so stach und wühlte es in ihrem Innern. Ulrich kam in Begleitung von Fanny Gruber! Sie sah sein geliebtes Gesicht, das ihr schmaler als früher erschien, sah seine Augen, auch wenn sie den Ausdruck darin nicht zu erkennen vermochte. Der Schmerz, den sie jetzt spürte, war schwer und dumpf. Sie musste ein paar Herzschläge lang die Augen schließen. Als sie sie wieder öffnete, sah sie die beiden im Portal der Kirche verschwinden.

Aber der Schmerz sollte für Lena heute kein Ende nehmen. Als sie in der Kirchenbank kniete, nahm sie nichts von dem wahr, das um sie herum vor sich ging. Sie musste nur immer an Ulrich denken und an ihr Glück, das so unendlich schön, aber so unendlich kurz gewesen war.

Und dann, dann hörte sie auf einmal den Pfarrer auf der Kanzel sagen: »Zur Ehe aufgeboten sind der Bauernsohn Ulrich Wiesböck und die Bauern- und Händlertochter Franziska Gruber, beide von hier.«

Lena klammerte sich mit beiden Händen an der Bank fest, sonst wäre sie umgesunken. Ein Brausen schien die Kirche zu erfüllen, pflanzte sich in ihre Ohren fort und wollte sie selbst wie ein Strom mit sich reißen. Sie klammerte sich ganz fest, und dann verebbte das Brausen langsam, sank zurück, und sie hörte wieder das Husten der Leute, das Scharren ihrer Füße.

Ulrich und die Fanny würden heiraten! Das gab's doch nicht! Das war doch sicher nur ein Traum!

Die Leute hatten sich erhoben und begannen die Kirche zu verlassen. Klara schubste Lena an.

»Lass mich! Ich will noch ein bissl dableiben. Geht ohne mich heim.«

Und dann, als die Leute alle gegangen waren, saß Lena allein in der Bank. Ihre ineinander verkrampften Hände lagen im Schoß, ihr Kinn war fast auf die Brust gesunken. Ihr Atem kam als graue Fahne von den Lippen und sank auf die Hände hinunter. Lena spürte jeden Schlag ihres Herzens wie einen messerscharfen Stich.

Lena hörte die Schritte des Mesners nicht. Sie nahm überhaupt nichts wahr. Sie dachte nur an Ulrich und daran, dass er sie verraten hatte – sicher des Geldes wegen, denn es war allgemein bekannt, dass der Gruber reich war. Zwar sollte er undurchsichtige Geschäfte machen und auch Spekulationen, aber er war eben reich. Und das mochte Ulrich gelockt haben. Sie war nicht ganz überzeugt davon. Ihr Herz klammerte sich noch zu sehr an die Worte der Liebe, die er ihr gesagt hatte, und an seine Zärtlichkeiten. Aber sie musste eine Begründung für seinen Verrat finden. Und so lange sie auch darüber nachdachte, sie kam auf nichts anderes als auf das Geld, das der Gruber besaß und das seine Tochter bekommen würde. Lena bedeckte ihr Gesicht mit den Händen. Zwischen den Fingern rannen die Tränen hervor. Schluchzen schüttelte ihren Körper, ließ die Schultern zucken. Am liebsten wäre sie nie mehr nach Hause gegangen, wäre für immer hier in der Kirche sitzen geblieben und einfach gestorben. Doch da war plötzlich jemand neben ihr und nahm sie sanft am Arm. Als Lena aufschaute, sah sie Annas Gesicht, ihre blauen, feuchten Augen, in denen tiefes Mitleid lag.

»Komm, Lena, es hat keinen Sinn, wenn du hier in der Kirche sitzen bleibst.«

Lena stand gehorsam auf. Das junge, siebzehnjährige Mädchen führte sie, einer Mutter gleich, aus der Kirche.

»Es ist furchtbar. Ich kann alles mitfühlen. Aber was können wir tun?«, meinte Anna.

»Gar nix«, sagte Lena dumpf. »Gar nix. Er hat mich einfach verstoßen, wie man einen Hund verstößt, den man nimmer leiden mag.«

»Das glaub ich nicht. Es muss da etwas anderes sein.«

»Ja, das Geld vom Gruber!«, sagte Lena plötzlich hart. »Was sonst auch?«

»Ich glaub's nicht.«

»Was soll ich dann glauben?«

»Du müsstest mit Ulrich reden!«

»Mit ihm reden? Ihm nachlaufen? Nie und nimmer!«, stieß Lena hervor. »Es ist nicht an mir, zu ihm gehen, es wär an ihm, es zu tun. Aber er hat den Weg zu mir nicht gefunden. Er schämt sich, weil er nicht weiß, was er sagen soll, weil er sich nicht getraut, offen und ehrlich die Wahrheit zuzugeben! Ach, Anna! Hoffentlich bleibt dir im Leben ein solcher Schmerz erspart!«

Um Annas Mund huschte ein Lächeln.

»Der Markus würde nie zu einem anderen Mädchen gehen. Er hat mich wirklich lieb. Und er hat auch davon gesprochen, dass wir eines Tages heiraten werden, nur wird es halt noch lange dauern. Aber das macht mir nix aus. Die Hauptsache ist, dass ich weiß, dass er mich wirklich haben will. Und seine Eltern sind auch nicht dagegen.«

Lena blieb stehen und nahm die Schwester an beiden Armen. »Oh, Anna, ich wünsch dir so sehr, dass dir dein Glück erhalten bleibt. Ich könnt's nicht ertragen, wenn es auch bei dir schief ginge!«

Das Blau in Annas Augen verdunkelte sich plötzlich, das Gesicht veränderte sich jäh, wurde trübe und verschattet. »Ich könnt's nicht überleben, nein, ich könnte es nicht!«

Lena ließ die Schwester los. Sie blickte auf einen Baum, dessen kahle schwarze Äste sich filigran aus dem diesigen Grau lösten.

»Was glaubst du, was ein Mensch alles ertragen kann!«, stieß sie bitter hervor.

Der Tag war für Lena wie ein schwarzer, tiefer Brunnen, der alles verschluckte. Am Nachmittag hielt sie es nicht mehr im Haus aus. Sie konnte die Gesichter der Schwestern nicht mehr sehen, wollte nichts mehr hören und wollte auch nichts reden müssen. Sie lief in das diesige Grau des Novembertages hinaus, froh, eine Weile allein sein zu können. Sie schlug den Weg zum Moorsee ein, an dessen Ufern sie auch hie und da mit Ulrich spazieren gegangen war, besonders auf dem Weg zur Schlüpfalm. Es war kalt. Sie schlug den Kragen des Mantels hoch und zog die Mütze tief über die Ohren. Die Hände steckte sie in die Taschen.

Der See sah jetzt ganz anders aus. Grau wie der Nebel war auch das Wasser, und das andere Ufer konnte man nicht mehr erkennen. Eine Weile stand Lena und starrte vor sich hin. Bleierne Stille lag über der Natur. Nur hie und da spürte Lena den leisen Hauch des Windes. Keine Vögel hockten in den Bäumen, kein Geräusch war da, das irgendein Leben anzeigte. Grau und kalt war alles ringsumher.

Grau und kalt war es auch in Lenas Innerem. Tiefer noch stieß sie die Hände in die Taschen, wandte sich um und wollte nach Hause gehen. Da aber sah sie im Grau die dunklen Umrisse einer Gestalt. Und sie erkannte sofort, dass es Ulrich war. Ein kalter, schneidender Schmerz durchfuhr ihre Brust. Sie machte ein paar Schritte vorwärts, blieb aber dann stehen, hilflos, als könne sie keinen Fuß mehr vor den andern setzen.

Ulrich kam auf sie zu und blieb vor ihr stehen. Und sie sah ein Gesicht, fremd, zerwühlt und grau. Noch bevor er ein Wort sprach, wusste sie, dass es nicht sein eigener Wille gewesen war, dass er sie verlassen hatte.

»Ich hab dich schon lang gesehen und bin dir nachgegangen«, sagte er mit einer fast klanglosen, dumpfen Stimme. »Es quält mich alles so sehr, und ich muss einmal mit dir reden und muss deine Stimme hören und dein Gesicht sehen. Oh, Lena!«, stöhnte er plötzlich auf, »oh, Lena!

»Ulrich!«

Und sie wussten nicht, wie es kam. Sie sanken sich einfach in die Arme. Jeder klammerte sich an den anderen. Ein jähes, heißes Glücksgefühl durchströmte Lena.

Die Sonne, die am Untergehen war, stand hart über dem Wieskogl. Kalt und messingfarben drang ihr Licht durch das dunstige Grau. Es war ein eigenartiges Schauspiel. Der Nebel schien das Licht der untergehenden Sonne aufzusaugen. Er färbte sich orangerot, und orangerot leuchtete auch das Wasser des Sees.

»Es hat für mich keinen anderen Weg gegeben, Lena«, sagte Ulrich jetzt. »Ich muss die Fanny heiraten, weil sie es sich in den Kopf gesetzt hat. Sie will mich und keinen anderen, und der Gruber kann meinen Vater zwingen.«

»Warum?«, fragte Lena, und die Verzweiflung stürzte wieder auf sie ein.

»Er hat meinen Vater in der Hand. Der Vater hat viel Geld verspekuliert, und der Gruber hat es ihm geliehen, auf den Hof geliehen, verstehst du? Wenn ich nicht eingewilligt hätte, die Fanny zu heiraten, würden wir unseren Hof verlieren!« Ulrich packte Lena hart an den Armen. »Aber das, ich schwör dir's, hätte mir nix ausgemacht. Ich hätte den Hof um meiner Liebe willen zu dir im Stich gelassen. Ich hätte ihn aufgegeben, denn was bedeutet er schon gegen unsere Liebe, unser gemeinsames Leben?« Ulrich ließ jäh ihre Arme los und trat zurück. »Aber da ist noch etwas anderes, etwas viel Schlimmeres.«

Die messingfarbene Sonnenscheibe war hinter den Berg hinabgesunken, aber das purpurne Licht blieb noch da.

»Etwas Schlimmeres?« Lena hielt den Atem an. War es ihr Herz, das in so harten Stößen bis in die Schläfen hinauf pochte?

Ulrich nickte. »Aber ich kann's dir nicht sagen, Lena. Verlang es nicht. Aber nur das ist es gewesen, was den Ausschlag gegeben hat. Nur deswegen hab ich dich lassen müssen.«

»Ich stell mir vor«, sagte sie leise, »dass es nichts auf der Welt geben kann, das wir nicht mit unserer Liebe meistern könnten.«

»Doch, Lena.« Seine Stimme klang heiser und schwer. »Es gibt etwas, gegen das wir mit unserer Liebe nichts ausrichten könnten.«

Er nahm sie wieder an den Armen und zog sie leidenschaftlich an sich. »Ich liebe dich, Lena, nur dich auf der Welt! Aber du musst mir glauben. Es gibt keinen Ausweg.«

Es gibt keinen Ausweg ... Die Worte klangen in Lenas Innerem nach, und sie erfasste ganz deren Trostlosigkeit. Ihr Kopf sank gegen seine Brust.

»Unser Glück war kurz, Ulrich ...«

Jetzt endlich konnte sie weinen. Bäche von Tränen rannen über ihr Gesicht.

»Ja, unser Glück war kurz«, wiederholte er und strich zärtlich über ihr Haar. »Ich werde immer dran denken, und ewig werde ich davon zehren.«

Der Nebel war noch immer wie orangefarbenes Milchglas. Irgendwo piepste kläglich ein Vogel.

Lena schluchzte plötzlich auf. »Ich kann's nicht ertragen!«, rief sie. »Ich kann's einfach nicht ertragen, dass du Hochzeit mit einer anderen hältst! Ich weiß nicht, was ich an dem Tag tun werde, ich weiß es nicht.«

Ulrich legte seine Hand unter ihr Kinn. »Mach keine Dummheiten, Lena. Das würde uns nichts nützen und alles nur noch schlimmer machen.«

Sie nickte und löste sich von ihm. »Ich geh jetzt heim«, sagte sie dann tonlos.

Aber er nahm sie noch einmal in seine Arme. »Nie werde ich dich vergessen, Lena, nie!« Er bedeckte ihr

Gesicht mit Küssen, und es war ihr ein paar Herzschläge lang, als sei alles noch wie früher.

»Leb wohl, Lena«, sagte er dann, »leb wohl!«

Er wandte sich ab und ging in den Nebel hinein, der die Farbe verloren hatte und wieder grau geworden war. Lena ging langsam in die gleiche Richtung. Die Nacht brach herein, bevor sie zu Hause angelangt war.

Die Nacht stand noch vor den Fenstern, als Dominik Haberer erwachte. Er richtete sich ein wenig auf, horchte auf Geräusche im Haus und ließ sich wieder in die Kissen zurücksinken, als nichts zu hören war. Dann schloss er die Augen. Jetzt im Spätherbst brauchte man nicht mehr so früh aus den Federn wie sonst. Er konnte sich mit dem Aufstehen Zeit lassen.

Einen merkwürdigen Traum hatte er gehabt. Und je länger er darüber nachdachte, desto merkwürdiger erschien er ihm. Da war ein großes, weites Wasser gewesen. Und wenn er sich genau erinnerte, hatte dieses Wasser eine besondere Farbe gehabt. Nicht wie Wasser im Allgemeinen aussah, nein, es war lilafarben gewesen und hatte rote Flecken gehabt! Er, der Haberer, hatte am Ufer gestanden, und auf der anderen Seite, weit, weit entfernt, die Kellnerin Sophie. Sie hatten zueinander gewollt, aber nicht gekonnt. Das Wasser war auch nicht zu umgehen, denn es dehnte sich links und rechts bis in die Unendlichkeit. Sophie streckte immer die Arme nach ihm aus. Plötzlich aber schwebte eine Brücke vom Himmel herunter und verband die beiden Ufer. Die Brücke war schmal und zart gebaut, mit einem Geländer aus Silber, fein wie Filigran. Und es glänzte auch so. Er und Sophie begannen, die Brücke zu betreten und aufeinander zuzugehen. Sophie aber verhielt noch ganz am Anfang den Schritt, zögerte und blieb stehen. Er jedoch ging schnell auf sie zu. Als er aber die Mitte der Brücke erreicht hatte, sah er eine schattenhafte Gestalt stehen. Und dann erkannte er sie. Es war Lisbeth. Grau wie ihre Gewänder war auch ihr Gesicht. Sogar die Augen schienen grau und erloschen. Sie hob die Hand, und er blieb erschrocken stehen. Und dann sank die Brücke lautlos in sich zusammen. Im Stürzen sah er noch, dass sich Sophie ans Ufer retten konnte. Lisbeth und er aber stürzten in die violetten Wasser hinunter, die immer dunkler wurden, bis er ganz im Schwarzen versank.

Der Haberer öffnete wieder die Augen. Beklemmung hatte sich auf seine Brust gelegt. Ein merkwürdiger Traum war das gewesen, irgendwie zum Fürchten! Aber dann gingen seine Gedanken zu Sophie. Das war ein Frauenzimmer! Und plötzlich konnte er nicht mehr begreifen, wie er so was wie die Lisbeth je hatte heiraten können. Er stellte sich das hübsche, fast noch glatte Gesicht der Kellnerin vor, ihre schönen Augen, das schwarze, glänzende Haar, ihre blühende Haut und ihre Figur. Ja, ihre Figur! Da war wenigstens etwas dran! Sie war nicht so dürr, wie Lisbeth immer gewesen war.

Dominik Haberer fuhr auf. Ein Gedanke hatte ihn plötzlich überfallen, ein Gedanke, der gar nicht so schlecht war. Dieser Gedanke breitete sich in seinem Hirn aus und schien den ganzen Körper zu erfassen wie ein wärmender Sonnenstrahl. Er sprang aus dem Bett und schlüpfte hastig in seine Kleider. In der Schlafstube war es kalt. Es roch nach altem Holz und Mottenkugeln. Er goss sich aus dem Krug Wasser in die Schüssel, tauchte sein Gesicht hinein und fuhr mit den Händen ein paar Mal darüber hin und um den Hals herum. Dann trocknete er sich ab. Aber plötzlich – es war, als ob ein eben noch vor Leben strotzender Baum plötzlich gefällt würde und niederstürzte – ließ er sich auf den Bettrand zurückfallen. Das Dumpfe, Schwere, das ihn immer von Zeit zu Zeit ergriff, war wieder über ihn gekommen.

Der Haberer sah das Marterl im Mondlicht, sah das Gesicht des Hausierers mit den weit aufgerissenen Augen, in denen Todesangst stand. Aber er sah noch ein anderes Gesicht. Und das war es, das ihm die Schauer über den Rücken jagte, das sein Herz in dumpfen, schweren Schlägen pochen ließ, das ihm manchmal den Atem nahm: das Gesicht der alten Weberin. Und er sah ihre Armut und das halb verfallene Häusl, in dem sie hauste.

»Gott, o, Gott!«, stieß er hervor. »Der Wiesböck ist an allem schuld, nur der Wiesböck! Er ist damals auf die Idee gekommen!«

Der Haberer ballte die Hände zu Fäusten und presste sie an die Schläfen. In diesen Augenblicken glaubte er wieder einmal, der Brustkorb müsse ihm zerspringen.

»Gott, o, Gott!« Warum war ihm ein solches Kreuz auferlegt? Eine lange Weile hockte er auf dem Bettrand, in dumpfe Apathie versunken. Vor den Fenstern begann das Dunkel zu weichen und einem milchigen, lichtlosen Grau Platz zu machen.

»Und trotzdem!«, stieß der Bauer hervor und sprang auf. »Ich bin noch kein alter Mann! Ich werde mich noch nicht vergraben!«

Neuer Lebenswille blitzte in seinen Augen auf. Er schüttelte sich, gleichsam so, als könne er mit dieser Bewegung auch sein Gewissen abschütteln.

Als er nach unten ging, begegnete ihm Lena auf der Treppe. Ihr Gesicht war bleich, und ihre Schultern hingen nach vorn.

»Nimm's nicht so schwer, es gibt außer Ulrich auch noch andere Männer.«

»Ich wollte, das ginge so leicht. Er verdient's wahrscheinlich gar nicht, der Ulrich, dass ich mich so gräme. Er hätte um seine Liebe kämpfen sollen. Aber er hat's nicht getan. Er hat die Flinte schnell ins Korn geworfen.«

»Sie weiß nix«, dachte der Haberer, »sie weiß nix!«

»Ja«, sagte er, und er fühlte sich nicht einmal unbehaglich dabei, »er hat die Flinte schnell ins Korn geworfen.« Es war plötzlich etwas in ihm, das ihn wieder anfeuerte, das sein Blut rascher durch die Adern trieb.

Lena bereitete den morgendlichen Kaffee, und als der Haberer die Tasse ausgetrunken hatte, erhob er sich.

»Ich geh zum Pfarrer, hab was mit ihm zu bereden.«

»Mit dem Pfarrer?«, fragte Klara gedehnt. »Hast nicht vielleicht die Begriffe verwechselt? Sollt's nicht Wirtshaus heißen?«

In Dominik Haberer stieg plötzlich die Wut hoch. Er holte aus und schlug Klara ins Gesicht. Die Ohrfeige knallte. »Freches Frauenzimmer!«

Er polterte zur Küche hinaus und warf die Tür krachend ins Schloss. Was die Klara nur hatte? Er spürte es schon immer, dass sie gegen ihn stand. Ja, manchmal schien es ihm, als könne sie ihn nicht leiden. Fremd war sie ihm manchmal, ganz fremd. Gar nicht wie eine Tochter. Sie schien auch gar keine Haberer zu sein. Sie schlug in eine andere Richtung – ein seltsames Mädchen, das eigentlich gar nicht so recht auf den Hof passte.

Irgendwo hinter dem diesigen Grau musste die Sonne stehen. Ein Hauch von Gold löste das Lichtlose ab.

Als Dominik Haberer ins Pfarrhaus kam, saß der Pfarrer gerade beim Frühstück, wie ihm die Haushälterin berichtete. Er musste warten. Als der Pfarrer dann in die Stube kam und ihn zum Sitzen aufforderte, wusste er nicht mehr, wie er beginnen sollte. Sein Blick huschte über die eine Wand, an der ein großes, schönes Kruzifix hing. Ein paar Atemzüge lang blieb der Blick des Haberers an dem Gekreuzigten hängen. Und ein paar Atemzüge lang wurde ihm dabei das Ungeheuerliche des Gedankens bewusst, der ihn hierher getrieben hatte, aber eben nur ein paar Atemzüge lang.

»Nun, Haberer, was führt Sie zu mir?«, fragte der Pfarrer und lehnte sich in seinen alten Lederstuhl zurück.

»Ich hätte da eine Frage an Sie, Hochwürden, gewissermaßen hätte ich gern eine Auskunft.« Er stotterte ein wenig, denn es war ihm unter dem forschenden Blick des Pfarrers nicht ganz wohl.

»So, eine Auskunft. Und was möchtest du gern wissen, Haberer?«

Der Bauer rückte verlegen auf seinem Stuhl hin und her und presste krampfhaft die Hände gegeneinander.

»Wie Sie wissen, Hochwürden, befindet sich meine Lisbeth doch in einer Heil- und Pflegeanstalt ...«

»Ja, sehr bedauerlich ist das. Ihre Frau tut mir wirklich Leid. Es ist bestimmt kein Vergnügen, in einer Anstalt leben zu müssen.«

»Wir haben sie nicht in die Anstalt geben wollen«, verteidigte sich der Haberer, »es ist von Amts wegen geschehen.«

Der Pfarrer hob die Hand. »Ich weiß, ich weiß ...«

»Aber es wird immer schlimmer mit ihr.« Er konnte jetzt viel leichter sprechen. Nichts war mehr da, das ihn hemmte. »Sie wird nie mehr aus der Anstalt nach Hause kommen. Und da wollte ich mich erkundigen, Hochwürden, ob unsere Ehe nicht aufgelöst werden könnte? Ich meine natürlich keine Scheidung, Gott bewahre, sondern einfach eine Nichtigkeitserklärung, verstehen Sie, Hochwürden?«

Der Pfarrer schüttelte den Kopf. »Ich verstehe gar nichts«, sagte er, und seine Stimme klang plötzlich sehr reserviert.

Der Haberer rutschte wieder auf seinem Stuhl hin und her. »Hochwürden!«, begann er von neuem, »es ist doch keine Ehe mehr, die ich mit meiner Frau führe, und ich kann auch nie mehr eine mit ihr führen, verstehen Sie? Aber ich bin noch kein alter Mann, ich möchte wieder heiraten!« So, nun war es heraus.

Der Pfarrer sprang auf. Seine Augen blitzten. »Das, Haberer, schlag dir ein für alle Mal aus dem Kopf! Eine neue Heirat wird's für dich niemals geben. Gott hat euch in unserer Kirche, vor unserem Altar vereint! Und was Gott zusammengefügt hat, kann der Mensch nicht scheiden! Nur der Tod kann euch trennen, Haberer, und das weißt du ganz genau. Dafür hättest du nicht zu mir kommen brauchen.«

Der Pfarrer stand jetzt am Fenster und wandte ihm den Rücken zu. Dem Bauern lief es kalt und heiß über den Rücken. Ja, er hätte es sich denken können, dass der Pfarrer so sprechen würde. Er konnte doch gar nicht anders reden. Er hätte nicht zu einem Pfarrer gehen sollen, sondern zu einem Rechtsanwalt!

Es war, als hätte der Pfarrer am Fenster seine Gedanken erraten. Er drehte sich um. »Und wenn es vielleicht auch juristisch ginge, Haberer, für uns, für die Kirche, ist es unmöglich. Du hättest kein gutes Leben mehr in unserem Tal.«

»Die Menschen sind mir wurscht!«

»Und Gott? Und die Kirche? Sind sie dir auch gleichgültig?«

Der Haberer zuckte verlegen mit den Schultern.

»Ach, Hochwürden ...«

»Aha!« Der Pfarrer trat nahe vor ihn hin. »In was hast du dich da verrannt, Haberer! So was nimmt nie ein gutes End, glaub mir.« Er trat wieder zurück. »Und jetzt entschuldigst mich, ich hab noch allerhand zu tun.«

Dominik Haberer verließ das Pfarrhaus. Unschlüssig blieb er draußen auf den Stufen stehen und drehte seinen Hut zwischen den Fingern. Jetzt war er so gescheit wie zuvor! Den Weg hätte er sich wirklich sparen können! Ja, jetzt ärgerte es ihn sogar, dass er den Pfarrer aufgesucht hatte.

»Kruzitürken!« Er stülpte sich den Filz auf den Kopf und ging geradewegs zum »Schimmel«.

»So früh bist heut schon da, Haberer?«, begrüßte ihn Sophie. Aber weder in ihrer Stimme noch auf ihrem Gesicht lag Freundlichkeit. »Was willst denn trinken?«

»Einen Kaffee.«

»Einen – was?«, fragte sie verwundert.

»Einen Kaffee! Du hast schon recht gehört. Ich bin nicht zum Saufen hergekommen. Ich bin da, weil ich was mit dir bereden möchte!«

»Mit mir bereden?« Sie stand jetzt an seinem Tisch, sauber, adrett, mit blitzenden Augen und glänzendem

Haar. »Ich wüsst nicht, was wir miteinander zu bereden hätten«, sagte sie abweisend.

»Bring mir meinen Kaffee, und dann sag ich's dir.«

Sie warf ihm einen verständnislosen Blick zu und verschwand dann in der Küche. Nach einer Weile kam sie mit dem Kaffee zurück und stellte ihn auf den Tisch.

»Setz dich her zu mir, es sind ja noch keine Gäste da.« Der Haberer nahm all seinen Mut zusammen. Als sie neben ihm saß, fuhr er fort: »Ich komm grad vom Pfarrer.« Er machte eine Pause.

»Vom Pfarrer?« Er sah ihr an, dass sie keine Ahnung hatte, worum es sich drehte.

»Ja, vom Pfarrer. Ich möchte dich nämlich heiraten.«

Sie schnellte von ihrem Stuhl hoch und blickte empört auf ihn herab. »Also Bauer, weißt, solche Scherze macht man nicht. Du hast eine Frau und drei Töchter!«

Sophie wollte sich abwenden und davongehen, aber Dominik Haberer hielt sie am Handgelenk fest.

»Meine Frau ist in einer Nervenheilanstalt, das weißt du doch. Es wird immer schlechter mit ihr, und sie wird ihr Leben lang dort bleiben müssen. Eine solche Ehe kann aber aufgelöst werden. Und wenn sie rechtmäßig aufgelöst ist, kann ich wieder heiraten! Und du, Sophie, wirst Bäuerin auf dem Hof an der Lehn. Ich bin nicht arm. Es geht ganz gut auf dem Hof, und du brauchst nimmer Kellnerin zu sein.«

Wenn der Haberer jetzt geglaubt hatte, sie würde Freude zeigen, dann hatte er sich ganz gewaltig getäuscht, denn jetzt fuhr Sophie erst richtig auf ihn los: »Was denkst du dir eigentlich? Meinst, weil ich Kellnerin bin, wär ich eine Leichte? Kellnerinnen sind nicht besser und nicht schlechter als andere Frauen auch ...«

»Aber was redest denn da, das weiß ich doch, sonst würde ich dich doch nicht heiraten wollen!«, unterbrach er sie.

»Du bist verheiratet, Bauer! Und nur, wenn deine Frau stirbt, bist du frei. Sonst nicht. Meinst, ich würde mein Glück auf dem Unglück einer anderen Frau aufbauen wollen? Niemals! Und überhaupt: Ich liebe dich nicht. Ich würde dich auch nicht heiraten, wenn du noch ledig wärst! Das lass dir ein für alle Mal gesagt sein!«

Ihre Augen blitzten, und sie erschien ihm so schön, wie er sie noch nie gesehen hatte.

»Das würde sich in der Ehe schon ergeben. Die Liebe kommt meist von selber.«

»So, meinst du?«, entgegnete sie spöttisch. »Auf so was würde ich mich nicht verlassen. Den Mann, den ich heirate, den möchte ich schon vorher lieben. Ich hab ihn nur bis jetzt noch nicht gefunden. Und wenn ich ihn nicht finden sollte, bleib ich eben ledig.«

»Sophie! Ist das dein letztes Wort?«

»Ja, Bauer, das letzte und endgültige! Es wär besser gewesen, du wärst gar nicht mit einem solchen Ansinnen zu mir gekommen.« Sie wandte sich ab, ging hinter die Theke und begann dort Gläser zu ordnen.

Der Haberer saß vor seinem Kaffee, von dem er noch gar nicht getrunken hatte. Mit einer heftigen Bewegung schob er ihn plötzlich weg, dass die braune Flüssigkeit über den Rand der Tasse schwappte.

»Bring mir einen Roten!«, rief er laut. Wortlos brachte Sophie das Gewünschte. Auf ihrem Gesicht aber lag ein verächtlicher Ausdruck. Den Kaffee nahm sie wieder mit und trug ihn in die Küche hinaus. Sie kam auch nicht so schnell wieder zum Vorschein.

Der Haberer aber grämte und ärgerte sich. »Kruzitürken!«

Mit der Faust schlug er auf den Tisch, dass der Krug wackelte. Da hatte er sich wirklich in etwas verrannt! Der Pfarrer hatte Recht. Ob es Liebe war, das wusste er selbst nicht so genau. Er wusste nur, dass er ständig an Sophie denken musste, dass er sie haben wollte. Immer sah er ihre Augen, ihren wohlgeformten Körper vor sich, und seine Gedanken daran ließen ihn nicht mehr los. Er stürzte den Inhalt seines Glases in einem Zug hinunter und schenkte sich aus dem Krug gleich wieder nach. Er musste Sophie bekommen, koste es, was es wolle! Sie war sicher jetzt nur so abweisend zu ihm, weil er noch an seine Frau gebunden war. Das Dringendste, was er tun musste, war, die Auflösung seiner Ehe zu erreichen. Würde das einmal geschehen sein, dann würde sich Sophie sicher nicht mehr so stellen wie jetzt.

Er redete sich das ein und trank dazu. Er hatte vergessen, was Sophie von der Liebe gesagt hatte. Er ließ sich noch einen Krug kommen. Die Kellnerin mahnte ihn nicht. Es war ihr gleichgültig, was er tat. Und wie schon öfter, trank sich Dominik Haberer einen Rausch an. Und als er bei Sophie zudringlich zu werden versuchte, holte sie den Wirt zu Hilfe.

»Lass die Sophie in Ruhe«, mahnte der, »und geh jetzt heim. Du hast genug, Haberer.«

»H-halt's Maul! Ich werd die Sophie h-heiraten!«

»Red keinen solchen Schmarrn! Du hast schon eine Frau, Haberer!«

Der Bauer wollte protestieren und hob die Arme, da nahm ihn der Wirt mit einem kräftigen Griff am Ellbogen und führte ihn vor die Tür hinaus.

»Lass mich aus! Lass mich aus!«, schimpfte der Haberer jetzt. »Was fällt dir überhaupt ein, d-deine Gäste so zu behandeln! Schließlich bin ich dir noch nie nix schuldig geblieben!«

Ohne ein weiteres Wort machte der Wirt kehrt und ging in die Gaststube zurück. Das brachte den Haberer erst recht auf den Damm. Er drehte sich wieder um, ging zurück und riss die Tür so weit auf, dass sie an ein abgestelltes Bierfass polterte. Sophie, die gerade dabei war, abzuräumen, riss die Augen auf.

»Ein Lumpenpack seid ihr! Das ... d-das merkt euch!«, schrie er in die Gaststube hinein.

»Ja, ist schon recht, Bauer«, sagte Sophie sanft und kam auf ihn zu. Sie nahm ihn jetzt am Arm und führte ihn auf den Gang hinaus. »Sei vernünftig, komm, du hast ein bissl zu viel getrunken, geh jetzt schön heim.«

Der sanfte Ton ihrer Stimme beruhigte ihn augenblicklich. Er ließ sich wieder hinausführen und stolperte schließlich heim.

Die Sophie, ja, das wäre die richtige Frau für ihn! Mit ihr würde für ihn noch einmal ein neues Leben beginnen! Der Gedanke ließ den Haberer nicht mehr los. Ein neues Leben! Eine zweite Jugend! Die Sophie war kein junges Mädel mehr, aber eine Frau in den besten Jahren, also genau das, was zu ihm passen würde!

Er stolperte über einen Stein und gab ihm dann einen Fußtritt, dass er in den Graben fegte. Das diesige Nebelgrau lag noch immer über dem Tal, obwohl es sich etwas gelichtet zu haben schien. Eine runde, messingfarbene Sonne schimmerte hindurch.

Die kalte, feuchte Luft nahm dem Haberer etwas von seiner Trunkenheit. Er vermochte sich wieder etwas besser auf den Beinen zu halten. »Kruzitürken! Ich vertrag schon gar nix mehr!«, murmelte er vor sich hin, als er wieder einmal über einen Stein stolperte.

Klara warf ihm einen viel sagenden Blick zu, als er ins Haus kam.

»Es ist nicht so, wie du denkst«, schrie er ihr entgegen. »Ich bin wirklich beim Pfarrer gewesen, aber dann hab ich halt Durst bekommen.«

Klara antwortete ihm nicht. Sie musste wieder hinaus. Das Mittagessen war vorüber. Der Odel musste auf die Wiesen gefahren werden. Lena stellte ihm schweigend das aufgewärmte Essen hin.

»Du sollst nicht immer so ein Gesicht machen!«, sagte er heftig. »Der Ulrich ist's gar nicht wert, dass du so um ihn trauerst!«

»Vater! Ich will nix davon hören!«

Es war ihm selbst auch zu dumm, von Ulrich Wiesböck zu sprechen, so schwieg er bereitwillig und stopfte das Essen in sich hinein.

»Ich leg mich ein bissl hin«, sagte er dann und verschwand in der Stube, wo er sich auf das Kanapee fallen ließ. Der genossene Alkohol begann zu wirken. Er schlief schnell ein und erwachte erst ein paar Stunden später. Jetzt drückte ihn doch etwas das Gewissen. Der Tag war vertan, und gearbeitet hatte er nichts, rein gar nichts.

Am nächsten Tag schien er alles aufholen zu wollen, was er vorher versäumt hatte. Er konnte an den Gesichtern seiner Töchter ablesen, dass sie sich wunderten.

»Ich besuch morgen die Mutter«, eröffnete er ihnen dann. Und zu Anna gewandt, fuhr er fort: »Richtest in einer Tasche etwas für sie zusammen.«

So fuhr er am nächsten Tag zur Anstalt. Das Nebelwetter hielt noch immer an, doch durch das Grau schimmerte ganz leicht die Sonne. Der Nebel war nur wenige hundert Meter dick. Über den Gipfeln musste sich ein strahlend blauer Himmel wölben.

Als der Bauer Dominik Haberer sich der Anstalt näherte, erfasste ihn ein leichtes Grauen. Das schmucklose Gebäude mit den vergitterten Fensterfronten machte einen abweisenden und kalten Eindruck. Ein Hauch von Trostlosigkeit schien darüber zu liegen. Der Haberer war an diesem Tag, da die Welt im Grau zu ertrinken schien, sehr niedergeschlagen. Hier war der Nebel dichter. Die Gestalten der Menschen tauchten dunkel und lautlos aus ihm auf, um genauso lautlos wieder darin zu verschwinden. Schwarze, bizarre Filigranäste reckten sich an den Straßenrändern.

So trostlos, wie draußen die Natur war, war auch die Klinik. Graue Türen, graue Wände, graue Böden. Und als man dem Haberer dann in dem Sprechsaal seine Frau zuführte, erschrak er. So grau wie an diesem Tag war ihr Gesicht noch nie gewesen. Ein Pfleger saß in der Nähe und beobachtete die Kranken. Lisbeth hockte nach vorn gebeugt auf einem Stuhl, und der Bauer starrte sie an.

»Mein Gott«, dachte er, »was ist aus ihr geworden! Wie kann das nur möglich sein!« Ihre blicklosen Augen ruhten auf seinem Gesicht, und die Sache, derentwegen er eigentlich gekommen war – es war ihm nicht mehr möglich, darüber zu sprechen! Und er wusste auch, dass er es niemals von ihr fordern konnte. Die Kellnerin Sophie würde für ewig ein Wunschtraum bleiben.

»Lisbeth!«, rief er leise und berührte seine Frau am Arm. »Ich bin da, der Dominik! Ich soll dir viele Grüße von den Mädchen bestellen. Sie kommen in der nächsten Zeit und besuchen dich!«

»Ja?« Der leere Blick der Bäuerin schien sich etwas zu verändern. Aber sonst sagte sie nichts mehr. Der Haberer erzählte ihr vom Hof, von ihrer Arbeit und was sonst so alles im Tal passiert war. Er wusste nicht einmal, ob sie ihm zuhörte. Sie saß noch genauso reglos wie am Anfang auf ihrem Stuhl, mit gebeugten Schultern und ineinander gelegten Händen. Eine grau melierte, glanzlose Strähne ihres Haares hatte sich gelöst und hing ihr ins Gesicht. Ihr Anblick war trostlos und begann sein Herz zusammenzuschnüren. Das Anstaltsgewand hing faltig an ihrem mageren Körper herunter.

»Lisbeth«, sagte er dann leise, »Lisbeth, wie geht's dir eigentlich?« Er hatte Sophie vergessen und den Gang zum Pfarrer auch.

Sie antwortete ihm nicht. Ihr Blick ging jetzt an ihm vorbei. Nun schwieg auch er. So saßen sie einander stumm gegenüber, und nichts von dem war mehr zwischen ihnen, was sie einstmals verbunden hatte.

»Du musst«, hörte er sie plötzlich sagen, »du musst zum Bürgermeister gehen ...« Sie brach ab.

»Zum Bürgermeister?«, fragte er verständnislos.

»Du – du darfst's nicht länger mit dir herumtragen. Die Weberin muss es wissen, alle müssen es wissen, und dein Gewissen wird wieder frei sein, und das meine auch.« Sie schaute noch immer an ihm vorbei, und es war, als hätte sie gar nicht zu ihm gesprochen.

Der Haberer war wie unter einem Peitschenhieb zusammengezuckt. »Lisbeth!«

»Dann werd ich frei sein«, murmelte sie vor sich hin, »ganz frei. Und du kannst wieder atmen, Dominik.«

Er sagte nichts. Reglos hockte er auf seinem Stuhl, und jetzt hingen auch seine Schultern nach vorn.

»Es ist lange, lange her, Lisbeth«, sagte er dann nach einer Weile des Schweigens.

»Frei sein und ruhig schlafen können ...«, murmelte sie und sank noch mehr in sich zusammen.

In ihm war alles aufgewühlt. Er spürte, dass seine Hände zitterten. Sie hatte es all die Jahre über gewusst! Und vielleicht hatte dieses Wissen sogar ihre Krankheit beschleunigt? Der Gedanke war furchtbar. In ihm stach und riss es, als wühlten mehrere Messer darin herum. Er wartete, dass sie weitersprechen würde, irgendetwas sagen, Vorwürfe. Aber es kam nichts mehr. Es schien, als hätte sie sich wieder ganz nach innen gekehrt, abgekapselt von den äußeren Dingen.

So hockten sie fast eine ganze Stunde voreinander, bis der Pfleger kam. »Sie braucht jetzt Ruhe«, sagte er mit kühler, unbeteiligter Stimme.

Der Haberer schaute seiner Frau nach, wie sie aus dem Saal geführt wurde. Ein Gefühl von tiefer Auswegslosigkeit erfasste ihn plötzlich. Was auf dieser Welt hatte eigentlich noch Sinn für ihn?

Als er gehen wollte, kam eine Patientin auf ihn zu und zupfte ihn am Ärmel. Auf ihrem einfältigen Gesicht lag ein ausdrucksloses Lächeln.

»Wo gehst hin?«, fragte sie. »Bleib da. Hier ist's schön und warm. Draußen ist's kalt und grau.«

Ein Pfleger kam und holte die Kranke fort. Der Haberer verließ mit steifen Schritten den Saal, durchquerte den Flur und verließ das Gebäude.

Ja, draußen war es kalt und grau, eine Welt, die ihr Licht und ihre Wärme verloren hatte. Es drängte ihn plötzlich, in eine Kirche zu gehen, und der Gedanke daran verwunderte ihn nicht einmal.

Die Kirche war groß und schön. Viel Gold, viel Purpur und Blau. Seine Schritte hallten auf dem Steinfußboden. Vor den Altarstufen war ein wundervolles Mosaik in den Boden eingelassen. Die Luft war kalt. Sie roch nach altem Holz, nach Stein und nach verbranntem Wachs. Vor der Muttergottesstatue brannten viele Kerzen, und jedes Mal, wenn die Seitentür geöffnet wurde, flackerten die Flammen unruhig hin und her.

Der Haberer wollte beten. Für wen sollte er es tun? Für Lisbeth oder für sich selbst? Seine Hände krampften sich zusammen. Der Gekreuzigte über dem Altar hatte das gleiche Gesicht wie der Gekreuzigte in der Stube des Pfarrers daheim.

Der Haberer kniete lange in der Bank. Und als ihm die Knie wehtaten, ging er hinaus. Er fühlte sich innerlich zerrissen. Die Gedanken schienen sein Gehirn zu zerpflücken. Er wusste nicht genau, was mit ihm los war, und als er an einem hohen, grauen Gebäude das Wirtshausschild sah, ging er geradewegs hinein. Und dort blieb er sitzen, bis der Omnibus wieder zurück ins Dorf fuhr. Der dritte Krug Rotwein stand schon vor ihm, und er stierte auf das Glas, das halb ausgetrunken war. Plötzlich schlug er mit der flachen Hand auf den Tisch. Ach was! Warum sich Gedanken machen? Das Leben war kurz, und er musste die Jahre, die ihm noch blieben, genießen. Hatte ihn das graue Gesicht seiner kranken Frau noch bis hierher begleitet, so begann es nun langsam zu zerfließen, zu zerfließen wie Schnee an der Sonne. Er trank das Glas leer, schenkte es sich erneut voll und trank es wieder aus.

»Magst noch einen, Bauer?«, fragte die Kellnerin. Ihre Augen erinnerten ihn an die Augen Sophies. Er nickte. Es war der vierte Krug.

»Erinnere mich an den Omnibus«, sagte er mit schwerer Zunge. »Ich muss mit dem Omnibus heim.«

Die Kellnerin tat es. Der vierte Krug war noch nicht geleert, da musste er gehen. Er schwankte. Die Leute drehten sich auf der Straße nach ihm um und lächelten bezeichnend.

»Die Sophie«, murmelte er, »ich muss zu der Sophie!«

Der Nebel war dicht und grau, und hier gab es keine messingfarbene Sonne. Der Haberer hatte seine Joppe geöffnet und steckte links und rechts die Daumen hinter die grüne Weste. Den Filz hatte er etwas nach hinten geschoben. So ging er zum Platz, an dem die Omnibusse standen, die in die verschiedensten Richtungen fuhren. Er fand nicht gleich den, der ins heimatliche Tal fuhr. Nur am Fahrer, der, eine Zigarette rauchend, an der offenen Tür lehnte, erkannte er ihn.

»Aber heut hast wieder aufg'laden, Haberer«, lachte der Fahrer.

»Das geht dich einen Dreck an!«

»Na, na, deswegen brauchst nicht gleich wild zu werden!« Er half ihm die Stufen hinauf, legte seine Hände an das Hinterteil des Bauern und schob kräftig nach. Der Haberer torkelte im Mittelgang nach hinten und ließ sich auf die Wandbank fallen. Mit glasigen Augen beobachtete er die Einsteigenden. Als der Omnibus dann zur Stadt hinausfuhr, schaute er noch eine Weile auf die schwarzen Bäume, die am Straßenrand aus dem Nebel auftauchten. Ein Schwarm Krähen erhob sich aus einer Wiese und verschwand im Grau. Dann sank dem

Haberer das Kinn auf die Brust, und er schlief ein. Der Omnibus holperte über die Schlaglöcher, und der Dreck spritzte.

Die drei Mädchen hatten die kranke Mutter besucht. Der Vater war nicht mitgekommen. Er würde das nächste Mal allein fahren. Bedrückend waren die endlosen Gänge, die grauen Türen der Anstalt gewesen. Das Leben schien dort ausgesperrt zu sein. Die Pfleger hatten harte Gesichter, und die Ärzte sahen so aus, als wären sie selbst nicht ganz richtig im Kopf. Und dann das Gesicht der Mutter: ausdruckslos war es gewesen und leer. Eine fremde Frau war es gewesen, die ihnen entgegengetreten war.

Jetzt gingen sie durch die Stadt zum Bahnhof. Ein schneidend kalter Wind fegte durch die Straßen. Lena schauderte zusammen. Die Mutter! Wie hatte sie ausgesehen! Warum musste gerade sie eine solche Krankheit treffen? Was war das Leben überhaupt? Ihr wäre lieber gewesen, sie wäre nie geboren worden. Einsamkeit, Schmerz, Trostlosigkeit und Elend herrschten unter den Menschen. Zählten da überhaupt noch das bisschen Glück, das bisschen Liebe, das hie und da einer erfuhr?

Der kalte Wind schien Lena bis auf die Haut zu dringen. Laut aufheulend fegte er durch die schwarzen, kahlen Äste der Kastanienbäume, die die Straße säumten.

Klara blieb vor jedem Schaufenster stehen und starrte auf die Dinge, die dort ausgestellt waren. Nun kam ein großes Juweliergeschäft. Mit einem tiefen Seufzer drückte Klara ihr Gesicht an die Scheibe. Auf dunklem Samt versprühten einige wenige geschliffene Steine ihr klares Feuer, glänzte gelbes und rotes Gold.

»Wie schön!«, stieß Klara hervor, und sie schien sich nicht satt sehen zu können.

»Wie du nur so was anschauen magst«, sagte Lena. »Nie im Leben können wir uns je so ein Schmuckstück leisten, also interessiert es mich auch nicht.«

»Woher willst du wissen, ob ich mir nicht einmal so etwas kaufen kann oder es von jemandem geschenkt bekomme?«, wandte Klara ein. Ihre dunklen Augen glühten in einem Licht, das Lena erschreckte.

Anna lachte leise. »Aber Klara! Schau dir die Preise an! Wie solltest du dir jemals so was kaufen können! Und wenn du den reichsten Bauern in unserem Tal heiraten würdest, würdest du so ein Ding nie bekommen!«

»Wir müssen weiter«, drängte Lena, »sonst erwischen wir den Bus nimmer, und dann stehen wir da.«

Klara warf noch einen schnellen Blick zurück in das Schaufenster: »Einmal werde ich so einen Ring, so eine Kette tragen!«, murmelte sie.

»Aber Klara! Häng doch nicht solchen Hirngespinsten nach«, mahnte Lena.

Plötzlich blieb sie wie angewurzelt stehen.

»Was ist denn?« Anna schaute fragend in ihr Gesicht.

Lena aber starrte auf ein Paar, das auf der gegenüberliegenden Straßenseite vor einem Geschäft stand.

»Ach«, stieß Klara hervor, »der Ulrich steht dort drüben mit seiner Braut. Am Samstag haben sie Hochzeit!«

Lena zuckte zusammen.

»Starr ihn doch nicht so an«, sagte Klara ärgerlich. »Er verdient es doch überhaupt nicht, dass du nur noch einen einzigen Gedanken an ihn verschwendest! Sitzen hat er dich lassen, verraten und verkauft! Jawohl, verkauft! Die Leute munkeln es! Ja, sozusagen verkauft hat er dich, und das Geld vom Gruber dafür eingetauscht! Ein Handel war's!«

»Klara!«, stieß Anna zornig hervor. Dann fasste sie Lena unter und zog sie mit sich fort.

»Schau nicht mehr hinüber, komm.«

Für Lena war es ein neuer Schlag, Ulrich und Fanny so scheinbar einträchtig nebeneinander zu sehen.

»Sie machen Einkäufe für die Hochzeit«, warf Klara hin. »Da siehst, was unsere Bauernburschen im Tal taugen! Keinen Pfifferling!«

Lena war froh, als sie endlich im Bus saßen und heimwärts fuhren. Sie lehnte den Kopf zurück und schloss die Augen. Klara saß aufrecht und stolz, und Anna schaute durch das Fenster auf die vorbeifliegende Landschaft hinaus. Jede hing ihren Gedanken nach, und schwer lastete das Schweigen auf ihnen.

Als sie an der Haltestelle aus dem Bus stiegen, holten sie beim Wirt ihr Gespann wieder ab. Dann fuhren sie heim. Klara hockte auf dem Bock und hielt die Zügel, Lena und Anna saßen hinten. Tief und grau hing der Himmel. Der heftige Wind trieb Wolkenfetzen vor sich her. Der Schnee lag schon bis in die untersten Wälder. Nur die ansteigenden Wiesen waren noch frei.

Das Fuhrwerk holperte über die schlechte Straße. Hart klang der Hufschlag des Pferdes. Lena schloss die Augen. Das Rumpeln des Wagens ließ ihren Körper erbeben. Die Schultern waren nach vorn gesunken. Sie hörte den Wind in den Bäumen heulen.

Als sie die Augen wieder aufschlug, sah sie Annas Gesicht. Es war von einem zarten, glücklichen Lächeln verschönt. Hoffentlich bleibt wenigstens ihr das Glück erhalten, dachte Lena.

Die Mädchen schafften es nicht mehr bis nach Hause vor Einbruch der Dunkelheit. Klara entzündete die Laterne, die am Wagen hing. Lena zog die Schultern noch mehr nach vorn und hüllte sich fester in den wärmenden Mantel. Die Dämmerung ging schnell in die Nacht über. Der Braune trabte schneller, als merkte er schon, dass der Stall nicht mehr weit entfernt war.

Dominik Haberer war nicht da, als die Mädchen nach Hause kamen.

»Ins Wirtshaus ist er wieder gegangen«, bemerkte Klara mit viel sagender Miene. »Schon am Nachmittag.«

Annas Gesicht verdüsterte sich. »Er geht jetzt immer so oft ins Wirtshaus. Ich weiß nicht, wie das in Zukunft noch werden soll.«

Lena ging in die Küche und bereitete das Abendbrot. Schweigend saßen sie dann alle zusammen und aßen.

An diesem Tag gingen sie alle früh zu Bett. Keines von den Mädchen hatte Lust, noch mit der Strickarbeit länger aufzubleiben. Lena aber konnte lange nicht einschlafen. Irgendwann, spät in der Nacht, hörte sie auch den Vater zurückkommen. Aus den Geräuschen, die er verursachte, konnte sie schließen, dass er betrunken war. Ein bitteres, schmerzvolles Gefühl nahm von ihr Besitz. Schwer und drückend legte es sich wieder auf ihre Brust. Sie hatte den Liebsten verloren, in ihrer Welt zu Hause war nichts mehr in Ordnung, und die Mutter musste in einer Heilanstalt leben! Schluchzen stieg in ihre Kehle, und sie vergrub das Gesicht in den Kissen.

Wie brachte Gott es fertig, so viel Unheil über einen einzigen Menschen zu bringen? Wie konnte sie je die Kraft besitzen, das alles zu tragen? Für Anna war es leichter. Sie hatte Markus an ihrer Seite, wusste, dass er sie liebte und dass sie zusammengehörten. Mit einem geliebten Menschen ließ sich Unglück leichter tragen.

Als der Samstag kam, erschien Lena mit bleichem Gesicht zum Morgenkaffee in der Küche. Im Dorf hatte es schon Tage vorher keinen anderen Gesprächsstoff gegeben als die Hochzeit Ulrich Wiesböcks mit der Fanny Gruber. Auch Anna und sogar Klara saßen bedrückt auf ihren Stühlen. Dominik Haberer hatte eine steile Falte auf der Stirn.

»Mach nicht so ein Gesicht«, fuhr er Lena plötzlich an, »weil der Wiesböck Ulrich Hochzeit hat! Du wirst schon noch einen anderen bekommen!«

»Du weißt ganz genau, dass ich keinen anderen will!«

Lena hatte sich schon lange überlegt, was sie an diesem Tag wohl anfangen sollte. Ins Bett legen und sich die Decke über die Ohren ziehen? Das ging nicht. Aber was sollte sie sonst tun? Wie ätzendes Gift fraß sich der Schmerz in ihr Herz hinein.

Als die Glocken zu läuten anfingen, hielt sie es nicht mehr zu Hause aus. Sie lief zur Kirche. Sie musste die beiden sehen! Sie konnte nicht mehr anders.

Als sie sich durch die Leute drängte, folgten ihr neugierige Blicke – die Blicke derjenigen, die sie früher öfter mit Ulrich zusammen gesehen hatten.

Jetzt blieb Lena stehen. Sie sah die beiden vorn am Altar. Sie musste sich bis aufs Äußerste beherrschen, um nicht laut aufzuweinen. Doch sie durfte den Leuten hier kein Schauspiel geben! Mit zusammengepressten Lippen und verkrampften Händen stand sie da und starrte auf den Rücken des Mannes, den sie tief und schmerzvoll liebte. Fanny Gruber würde wohl der Triumph im

Gesicht stehen, dass sie den Mann nun bekommen hatte, den sie immer wollte.

Lena hörte nichts von der Messe. Sie nahm kaum etwas von dem wahr, das um sie herum vor sich ging. Sie schaute nur auf Ulrich. Und dann war die Feier zu Ende. Ulrich, am Arm die Braut, kam den Mittelgang herunter. Und nun sah Lena sein Gesicht. Bleich war es und verschlossen, und sie erkannte plötzlich, wie sehr er litt. Und dann wurde ihr klar, dass es für ihn ja noch viel schwerer sein musste als für sie. Er hatte seine Liebe verloren und musste dazu noch mit einer ungeliebten Frau zusammen sein, musste sein Leben mit ihr teilen.

Dann warf Lena einen Blick in das Gesicht der Braut, suchte nach dem Triumph in ihren Augen, dem wohlgefälligen Lächeln des ans Ziel Gelangten. Aber nichts von alledem war da. Überrascht und betroffen sah Lena ein Gesicht, das ihr fremd war. Auf Fannys keineswegs hübschen Zügen lag ein Schein, der sie seltsam verschönte. Die Augen leuchteten, und das, was Lena daraus lesen konnte, war Liebe. Sie liebte Ulrich!

Lena presste die Hände so fest gegeneinander, dass sie schmerzten. Jetzt bereute sie, dass sie in die Kirche gegangen war. Sie hätte weder Fanny noch Ulrich sehen dürfen! Nun war wieder alles in ihr aufgewühlt.

Auf der Brautkrone Fannys lagen goldene Punkte, und das Myrthengrün an Ulrichs Joppenaufschlag leuchtete frisch. Lena schloss einen Herzschlag lang die Augen. Wie sie später nach Hause gekommen war, wusste sie nicht mehr. Es war ein Gehen im kalten Wind gewesen, wie über scharfe, spitze Nägel, unter einem Himmel, der zu weinen begonnen hatte. Vor dem Hof blieb sie stehen. Starr, mit einem leeren Ausdruck in den

Augen, schaute sie gegen die Hausmauer mit den dunklen Fensterläden. Sie fragte sich, ob das nicht doch nur ein böser Traum gewesen war, der sie narrte? Aber als der Wind hinter einen Laden fuhr und ihn mit einem ächzenden Krach gegen das Fenster zurückschlug, wusste sie, dass sie nicht träumte.

Und als die Nacht kam, als sicher war, dass die Gäste alle zum Hochzeitstanz gekommen waren, schlich sich Lena aus dem Haus. Wie von einem Magneten gezogen, trieb es sie dorthin, wohin an diesem Abend auch viele andere, sogar aus den umliegenden Dörfern, gingen.

Unter den kahlen Kastanienbäumen, von denen die Nässe tropfte, blieb sie stehen und blickte zu den erleuchteten Fenstern empor. Sie hörte das Stampfen der Füße auf dem Parkett und das rauschende Gemurmel der Unterhaltung. In ihrem Rücken spürte sie den kalten Stamm des Baumes, gegen den sie sich gelehnt hatte. Dort oben feierten sie, dort oben waren sie lustig! Und sie selbst war fast erstarrt vor Schmerz, denn jetzt wusste sie, dass sie für immer und ewig von Ulrich getrennt sein würde. Nichts gab es, das sie jemals wieder zusammenführen konnte.

Lena stand im Dunkeln. Irgendwo, hoch über den tiefen Wolken, war der Himmel mit seinen Sternen. Hie und da stöhnte der Wind im kahlen Geäst, fielen dicke Tropfen auf Lenas Haar. Sie brachte es nicht fertig, nach Hause zu gehen. Ihre Füße standen wie angewurzelt immer noch auf der gleichen Stelle. Sie musste auf die Musik horchen, auf das Lachen der Leute, auf die tanzenden, stampfenden Füße.

Lena wusste nicht, wie lange sie schon da war. Hin und wieder kamen lachende Paare aus dem Haus und liefen durch den Wirtsgarten. Einmal stieß eines fast mit ihr zusammen.

»Hoppla!«, lachte ein Bursche, den Lena nicht kannte. »Wartest du auf deinen Liebsten? Aber vielleicht hat er schon eine andere!« Lachend lief er mit seinem Mädchen davon.

Nein, sie wartete nicht auf ihren Liebsten. Er konnte nie mehr zu ihr kommen! Aber eine andere hatte er, ja! Was im Scherz gemeint war, war bittere Wirklichkeit!

Lenas Hände griffen an den Stamm hinter sich. Sie merkte nicht einmal, dass ihr die Tränen aus den Augen rannen.

Und dann – es war seltsam – sah sie plötzlich Ulrich aus dem Haus kommen. Das Licht, das die erleuchteten Fenster spendeten, reichte nicht aus, um sein Gesicht genau erkennen zu können. Aber die Umrisse seiner Gestalt und seine Bewegungen hätte sie unter Tausenden erkannt. Es war, als ahnte er, dass sie hier stand. Er vergrub seine Hände in den Taschen des Hochzeitsanzuges und kam langsam in ihre Richtung. Lena wagte kaum zu atmen. Sie wollte nicht, dass er sie bemerkte. Aber er musste ihre Nähe gefühlt haben, denn er blieb plötzlich vor ihr in der Dunkelheit stehen.

»Lena!«, sagte er nur.

»Ulrich!« Ihre Stimme war heiser vom Würgen in der Kehle.

Und jetzt sagte Ulrich leise: »Ich hab's direkt gefühlt, dass du im Garten sein musst. Es hat mich herunter gezogen.« Er nahm die Hände aus seinen Taschen und ließ die Arme hängen.

»Und jetzt darf ich dich nicht einmal mehr in die Arme nehmen, Lena.«

Sie waren nur wenige Schritte voneinander entfernt, aber Lena dünkte es, als wäre es ein unendlich weites Meer, das sie trennte.

»Hätten wir im Sommer je gedacht, dass es einmal so kommen würde?«, fragte sie mit erstickter Stimme.

Er schüttelte den Kopf.

»Wenn mir jemand gesagt hätte, ich würde im Herbst ein anderes Mädchen heiraten, den hätte ich für verrückt erklärt. Aber von einem Tag zum andern kann so viel geschehen!«

Lena löste sich vom Stamm. Sie zog den Kopf zwischen die Schultern. Es war kalt.

»Du musst wieder hinein«, sagte sie, »sonst kommt deine Frau und sucht nach dir. Und ich geh heim.«

»Ja«, sagte er nur. Ein paar Herzschläge lang standen sie reglos voreinander, dann wandte sich Lena ab. Sie konnte es nicht mehr ertragen, so dicht in seiner Nähe zu stehen.

Sie hörte hinter sich noch seine Schritte, die sich langsam entfernten, und die Klänge der Hochzeitsmusik begleiteten sie ein Stück des Wegs. Dann aber wurde es still. Lena blickte zum Himmel empor, und es war, als suchte sie Trost im Anblick der Sterne. Aber in diesen Nächten gab es keine Sterne, nur einen dunklen, tief hängenden Wolkenhimmel.

Ein Gefühl von Trostlosigkeit zog in ihr Herz. Sie hatte Ulrich für immer verloren. Das Glück war zu Ende. Ein neues Leben musste beginnen.

Lenas Kopf sank tief zwischen die Schultern. Sie spürte die Kälte auf ihrem Rücken, und irgendwo im Innern ihres Körpers war ein scharfer, schneidender Schmerz.

Die Monate vergingen. Ein harter Winter war zu Ende gegangen und ein neuer Sommer ins Tal gezogen.

Anna Haberer konnte es schon seit Wochen nicht mehr erwarten, dass Markus nach Hause kam. Da sie wusste, dass die Ferien begonnen hatten, lief sie zum Egger-Hof hinüber. Es war gegen Abend und nur die Bäuerin war zu Hause. Sie saß auf der Bank im Freien, die Perlen eines Rosenkranzes rieselten durch ihre Finger, und sie betete.

»Ist der Markus schon da?«, rief Anna.

Die Bäuerin schüttelte vorwurfsvoll den Kopf, weil das Mädchen sie so jäh im Gebet gestört hatte.

»Er kann doch noch gar nicht da sein. Heute ist doch erst der erste Ferientag. Er muss seine Sachen packen und die weite Reise machen, und dann hat er sicher noch ein paar Dinge zu erledigen. Vor übermorgen kommt er bestimmt nicht.«

Anna blieb unschlüssig stehen. Sie sah, dass neben dem Strickzeug der Bäuerin ein paar Wollstränge lagen.

»Soll ich dir abwickeln helfen?«, fragte sie eifrig und deutete auf die Wolle. Aber die Bäuerin schüttelte den Kopf.

»Ich will jetzt beten«, sagte sie leise.

Doch Anna ging noch nicht.

»Betest du für jemand Bestimmten?«

Die Bäuerin nickte. »Ja, für Markus.«

»Für Markus?«, fragte sie verwundert. »Und warum denn?«

»Warum? Das hat keinen bestimmten Grund. Man kann immer für einen Menschen beten, den man liebt.«

Anna wandte sich ab. »Ich komm' dann übermorgen wieder«, sagte sie im Gehen.

Den ganzen nächsten Tag aber war sie aufgeregt. Am liebsten wäre sie wieder zum Egger-Hof gegangen. Vielleicht war Markus doch jetzt schon gekommen! Aber dann sah sie ein, dass sie nicht schon wieder hinüberlaufen konnte. Vielleicht kam er zu ihr, wenn er schon daheim war! Sie wartete bis zum Bettgehen auf ihn. Als sie dann in ihren Kissen lag und gegen das helle Viereck des Fensters starrte, hörte sie Lena sagen: »Wartest auf den Markus, gelt? Man merkt's dir an.«

»Ja, aber er ist noch nicht gekommen.«

»Die Ferien haben doch gestern erst angefangen. Du wirst's schon noch erwarten können.«

»Nein, ich kann's eben nimmer erwarten! Drei Monate haben wir uns nicht gesehen.«

»Vielleicht hat er sich in der Stadt in ein hübsches, reiches Mädchen verliebt«, sagte Lena, und ein bitterer Unterton lag in ihrer Stimme. »So was soll's ja geben. Er schaut recht gut aus, und ein Doktor wird er auch. Da kann er sich die Mädchen aussuchen!«

»Aber er mag nur mich!«, rief Anna erregt, »das hat er mir schon oft gesagt.«

»Wenn's einer zu oft sagt, dann ist es auch nicht gut! Die Männer sind schlecht. Eines Tages kommt er und sagt, dass es mit euch beiden doch nichts werden kann.«

Anna schluckte. Und dann weinte sie plötzlich. Ein dumpfes, ziehendes Gefühl hatte mit einem Mal von ihr Besitz ergriffen. Es war fast lähmend.

Lena aber sprang aus ihrem Bett und kam zu ihr. Anna fühlte die Arme der Schwester an ihrem Körper.

»Verzeih mir, verzeih mir!«, schluchzte sie. »Ich bin manchmal so verbittert. Kannst mich verstehen?«

Anna strich über das Haar der älteren Schwester.

»Ich kann's ja verstehen. Es muss sehr schwer für dich sein.«

»Ach, Anna!« Lena warf sich über die Bettdecke und weinte. »Es ist alles noch viel schlimmer, als ich es mir vorgestellt hab! Ich hab immer gedacht, ich könnt's nie ertragen, wenn ich die beiden vielleicht glücklich sehen würde. Aber jetzt muss ich mit ansehen, wie unglücklich Ulrich ist, und das ist viel schlimmer. Und ich frage mich immer und immer wieder, ob es denn gar keinen anderen Ausweg hätte geben können? Dieses fortwährende Fragen und Grübeln macht mich ganz mürbe.«

Anna wischte sich die Tränen aus dem Gesicht. »Du darfst das auch nicht tun. Das ist ganz schlecht für dich. Du hast sowieso schon so abgenommen.«

In der Kammer wurde es mit einem Mal seltsam hell. Der Mond war am linken Fensterrahmen aufgetaucht und stand hart unterm Dachgebälk. Bleiches Licht erfüllte die Kammer, aber Lenas Gesicht lag im Schatten.

»Was kann ich denn tun? Ich hab ihn so lieb. Ich glaub, ich lieb ihn noch mehr als früher. Ich sehe ihn oder die Fanny ja nur ganz selten.« Sie schluchzte auf. »Aber wenn er mir zufällig mal begegnet, dann ist mir, als verbrenne mein Herz.«

»Oh, Lena! Wenn ich dir doch helfen könnt!«, schluchzte Anna auf.

»Ich weiß, du tätest es gern. Aber da gibt's keine Hilfe, Anna.«

Den ganzen nächsten Tag über wartete Anna auf Markus. Gegen Abend hielt sie es nicht mehr aus und ging zum Egger-Hof hinüber. Als die Gebäude in Sicht kamen, ging sie langsamer. Sie versuchte ihre Aufregung zu unterdrücken. Von Markus war nirgends etwas zu sehen. Die Eggerischen waren gerade mit der Abendmahlzeit fertig, als Anna in die Küche kam. Bevor sie ihre Frage stellen konnte, sagte die Bäuerin schon:

»Der Markus kommt jetzt nicht.«

Anna fühlte eine jähe Hitze in ihrem Kopf.

»Er kommt jetzt nicht heim?«

»Nein.« Der Egger schüttelte den Kopf, und wie es schien, war er etwas bekümmert darüber. Aber die Bäuerin nicht.

»Er ist für vierzehn Tage auf einen Pfarrhof auf dem Land eingeladen. Den Pfarrer hat er zufällig in der Universitätsbibliothek kennen gelernt. Der hat eine große Pfarrei zu verwalten, und eine Schwester führt ihm den Haushalt.«

»Also kommt der Markus erst in vierzehn Tagen?«

»Ja, leider«, sagte der Bauer.

Die Bäuerin machte ein strenges Gesicht, als sie auf ihren Mann schaute. »Warum leider? Es ist doch schön, wenn ihn der Herr Pfarrer eingeladen hat. Dann sieht er mal so richtig, was für eine Aufgabe ein Seelsorger hat.«

»Was braucht er das zu wissen? Er wird Arzt. Seine Aufgaben liegen auf einem ganz anderen Gebiet.«

Anna stand mit hängenden Armen und hörte dem Gespräch nur mit halbem Ohr zu.

»Meinst du?« Ein kleines, feines Lächeln legte sich um den Mund der Bäuerin. »Die Aufgaben eines Pfarrers und eines Doktors haben viel Ähnlichkeit miteinander. Der eine sorgt für die Seele, der andere für den Körper. Das eine ist aber ohne das andere nicht denkbar.«

»Wie gescheit du oft daherredest«, spottete der Bauer. »Wo hast du das denn gehört?«

»Ich unterhalt mich oft mit unserem Pfarrer. Da lernt man viele Dinge verstehen, die man nicht begriffen hat.«

»Ach so.«

»Dann geh ich also wieder«, sagte Anna und war schon aus der Küche draußen. Es interessierte sie nicht im Geringsten, wo Markus die vierzehn Tage verbrachte. Sie wusste nur eines: Er kam jetzt noch nicht und hatte ihr nichts davon gesagt!

Aber dann, auf dem Heimweg, schalt sie sich selbst. Dann hätte er ihr ja einen Brief schreiben müssen! Abrupt blieb sie mitten auf dem Weg stehen. Einen Brief! Er hatte ihr noch nie einen Brief geschrieben! Sie wusste nicht, wie es ihm in den drei Monaten ergangen war. Nach Hause schrieb er schon hin und wieder, aber die Bäuerin hatte ihr noch nie gesagt, was er in den Briefen mitteilte. Anna schluckte. Plötzlich war es wieder da, das Würgen in ihrer Kehle. Aber dann fiel ihr ein, dass er ja jedes Mal einen Gruß an sie hatte ausrichten lassen.

Lena saß auf der Bank und strickte an Strümpfen für den Winter. »Bist schon wieder da? Ist er noch nicht gekommen?«

Anna schüttelte den Kopf und ließ sich mit einem Seufzer neben die Schwester auf die Bank sinken.

»In vierzehn Tagen kommt er erst heim. Jetzt ist er auf einen Pfarrhof eingeladen.«

Lena ließ das Strickzeug sinken. »Auf einen Pfarrhof eingeladen? Wie kommt er denn dazu?«

Anna zuckte mit den Schultern.

»Ich hab gar nimmer so richtig hingehört, wie's die Bäuerin erzählt hat. Irgendwo hat er den Pfarrer kennen gelernt, und der hat ihn für vierzehn Tage eingeladen.«

»Na ja«, meinte Lena und nahm ihr Strickzeug wieder auf, »so schlimm ist das auch wieder nicht. Nun kommt er halt vierzehn Tage später als vorgesehen.«

Anna hockte stumm. Es ging ihr nicht recht in den Kopf, dass Markus die Einladung des fremden Pfarrers der Heimfahrt vorgezogen hatte. Er wusste doch, dass sie auf ihn wartete, dass sie sich fast in Sehnsucht nach ihm verzehrte. Aber dies schien ihm nicht so wichtig wie die Einladung zu sein. Sie war traurig und hatte zu nichts mehr so richtig Lust.

Die vierzehn Tage schlichen dahin, als wären es vierzehn Jahre. Und als die Zeit um war, scheute sich Anna plötzlich, zum Egger-Hof zu gehen. Sie genierte sich, schon wieder nach Markus zu fragen. Aber dann war er plötzlich da. Sie stand allein in der Küche am Herd und rührte in der Suppe, die es zur Abendmahlzeit geben würde, als er zur Tür hereinkam. Sie ließ den Kochlöffel los – er rutschte halb in die Suppe hinein, stand starr und blickte ihm mit weit offenen Augen entgegen.

Sie wollte auf ihn losstürzen und sich an seine Brust werfen, aber es war irgendetwas in seinem Gesicht, das sie davon abhielt. Sie wusste in diesem Augenblick noch nicht, was es war. Erst viel später würde sie es begreifen. Sie spürte nur, dass ein Hauch von Fremdheit auf seinen Zügen lag, ein Hauch von Fremdheit auch von seiner Gestalt, seinem Wesen ausging. Ja sogar in seinem Willkommenslächeln und den leuchtenden Augen war etwas Fremdes.

»Grüß dich Gott, Anna!«, lachte er ihr zu.

»Grüß dich Gott, Markus«, erwiderte sie mit erstickter Stimme. Er trat auf sie zu, nahm sie in seine Arme und drückte einen Kuss auf ihren Mund.

»Oh, Markus, wie froh bin ich, dass du wieder da bist!«, seufzte sie, glücklich, dass er sie in seine Arme genommen hatte. Sie legte ihren Kopf an seine Brust und schloss die Augen.

»So froh bin ich«, flüsterte sie noch einmal.

»Ich freu mich auch, dich wieder zu sehen«, sagte er. Dann trat er zurück. Sie hätte sich so gern noch viel länger an ihn geschmiegt. Sie wusste nicht, warum es sie plötzlich überkam, aber sie musste ihn fragen: »Hast du vielleicht in der Stadt ein anderes Mädchen kennen gelernt, das du liebst?«

Überrascht und verständnislos schaute er sie an. »Ein anderes Mädchen? Wie kommst du nur auf so was? Hat dir vielleicht irgendjemand dahingehend einen Floh ins Ohr gesetzt?«

»Bitte, sei mir nicht bös«, bettelte sie, »aber ich hab's einfach fragen müssen, es ist so über mich gekommen.«

»Du kleines Dummerl!«, lächelte er und nahm sie wieder in die Arme. Und ernst fügte er hinzu: »Meinst, ich könnte dir gegenüber ein so hinterhältiges Spiel treiben? Nein, Anna, das läge mir nicht. Ich bin immer für Ehrlichkeit.«

Jetzt lächelte er wieder auf sie hinunter: »Kleine Fee, und wenn du einen anderen Burschen kennen lernen würdest, den du mehr magst als mich, dann sagst es mir auch gleich, nicht wahr?«

Anna warf mit einer Heftigkeit, die ihn überraschte, ihre Arme um seinen Hals. »Nie, nie würde ich einen anderen mögen! Ich liebe nur dich, Markus, und ein Leben ohne dich wäre einfach schrecklich!«

»Kleine Fee!«, flüsterte er und schob sie dann zärtlich von sich fort. »Ich glaube, deine Suppe brennt an.«

»Oh!« Anna wandte sich hastig dem Herd zu, während sich Markus an den Tisch lehnte. Sie angelte nach dem Kochlöffel und rührte wieder um.

»Wenn du magst«, sagte er, »dann hol ich dich nach dem Abendbrot zu einem Spaziergang ab.«

»Aber natürlich mag ich!«

Als er ging, lief Anna zum Fenster und schaute ihm nach. Es kam ihr immer wieder wie ein Traum vor, dass sie seine Liebe besaß.

Beim Essen lag ein so seliges Lächeln auf ihrem Gesicht, dass es sogar dem Haberer auffiel.

»Du strahlst ja so, Anna«, sagte er, »was ist denn mit dir?«

»Der Markus ist wieder da«, sagte sie nur.

»Ach, der Egger Markus!« Sonst sagte der Bauer nichts. Als er seine Suppe gegessen hatte, stand er auf, holte seinen alten Filz vom Türhaken und stülpte ihn auf den Kopf.

»Gehst vielleicht schon wieder ins Wirtshaus?«, rief Klara.

Er wandte sich um. Ein böser Ausdruck lag auf seinem Gesicht. »Ja! Hast vielleicht was dagegen?«

»Ja, ich hab was dagegen!«, rief Klara, »wir alle haben was dagegen! Weil du so viel ins Wirtshaus läufst, haben wir den Bartl ausstellen müssen, und wir haben noch mehr Arbeit, als wir schon gehabt haben!«

»Der Bartl ist nicht ausgestellt worden, weil ich ins Wirtshaus geh, sondern weil er die Mutter bei der Polizei verpfiffen hat und die Anstalt viel Geld kostet.«

»So einen Haufen kostet sie auch wieder nicht.« Klaras Stimme klang so kalt, wie Anna sie noch nie gehört hatte, und ihre dunklen Augen waren fast schwarz.

»Das geht dich einen Schmarrn an, ob ich ins Wirtshaus geh oder nicht!«, schimpfte der Haberer jetzt, verließ die Küche und warf die Tür laut ins Schloss.

»Es ist arg mit ihm geworden«, sagte Lena jetzt. »Die Mutter, wenn sie's wüsste, würde sich grämen.«

»Ich weiß auch, warum er so viel ins Wirtshaus geht«, sagte Klara mit ihrer immer noch kalten Stimme. »Wegen der Kellnerin, wegen diesem Frauenzimmer!«

Anna horchte auf. »Wegen der Kellnerin? Das glaub ich nicht.«

»Die Spatzen pfeifen's doch schon von den Dächern!«, entgegnete Klara heftig. »Aber du, du denkst nur die ganze Zeit an deinen Markus und hörst und siehst nicht, was in deiner Umgebung vor sich geht!«

»Ist das wirklich wahr, Klara?«, fragte nun auch Lena.

»Ich hab's von jemandem gehört, und die Leut reden ja schon drüber.«

»Die will gar nix von ihm wissen. Aber er rennt ihr immer nach, und belästigt soll er sie auch schon haben.«

»So schlimm, wie die Leute reden, ist's bestimmt nicht. Vater blamiert sich doch nicht einfach so, noch dazu wenn die Kellnerin gar nix von ihm wissen will.«

Sie redeten noch eine Weile hin und her, dann ging Anna in die Kammer hinauf, um den alten Arbeitskittel auszuziehen und in ein Kleid zu schlüpfen. Sie öffnete ihr Haar, bürstete es durch und flocht es wieder ein. Sie dachte schon längst nicht mehr an den Vater und an das, was Klara erzählt hatte. Ihre Gedanken waren bei Markus – und da war wieder die Erinnerung an das Fremde in seinem Wesen, das sie ganz am Anfang gespürt hatte. Sie stand reglos und nachdenklich vor dem Spiegel und blickte an ihrem Gesicht vorbei. Sie spürte es mit feinem

Gefühl, dass irgendetwas anders geworden, dass eine Wandlung mit Markus vor sich gegangen war, die ihm vielleicht selbst noch nicht bewusst war.

Anna strich sich über Stirn und Augen, als wolle sie diese Gedanken verscheuchen, die nur Unruhe brachten. Dann ging sie vor das Haus und setzte sich auf die Bank. In den Bäumen des steil ansteigenden Hanges hinter dem Hof säuselte der Wind. Aus den Apfelbäumen klang das Zwitschern der Vögel. Die tief stehende Sonne vergoldete das Tal, und der Firn am Greinbachhorn begann zu glänzen. War die Welt nicht schön, und war das Leben nicht ein wunderbares Ding?

Anna atmete tief und schloss ein paar Herzschläge lang die Augen. Ja, aber nur mit Markus war es so schön! Er allein machte ihr Leben hell und licht.

Als Anna die Augen wieder öffnete, sah sie ihn schon kommen. Er trug seine lederne Bundhose und ein helles, kariertes Hemd, das am Hals offen stand. Die Ärmel hatte er hochgekrempelt.

»Wartest du schon auf mich?«, lächelte er ihr entgegen. Anna nickte. Er streckte ihr seine Hand entgegen, und sie legte die ihre hinein. Dann zog er sie von der Bank hoch. Beim Gang um den Hof ließ er ihre Hand wieder los, aber draußen, als sie an den Wiesen entlanggingen, nahm er sie wieder in die seine.

»Habt ihr hier auch so einen schönen Mai gehabt?«, fragte Markus jetzt.

Anna schüttelte den Kopf. »Es hat viel geregnet.«

»Bei uns war die meiste Zeit das Wetter schön.«

»Und was hast du da gemacht?«, fragte sie ein wenig naiv.

»Was ich da gemacht hab? Lernen hab ich müssen

und arbeiten. Mir ist nicht viel Freizeit geblieben. Und du, was hast du die ganzen Monate gemacht?«

»Auch gearbeitet.«

»Und bist du auf den Tanzboden gegangen?«

Anna schaute ihn aus ihren blauen Augen empört an. »Ohne dich geh ich nimmer zum Tanz.«

»Und ich mach mir nix draus.«

»Das weiß ich. Es ist ja auch nicht wichtig.«

»Ja, das stimmt«, sagte Markus, »das ist bestimmt nicht wichtig.«

Hinter den Zäunen weideten die Kühe auf den Wiesen, die nicht auf den Almen waren. Der leichte Wind brachte den Geruch von frisch gemähtem Gras mit sich.

Markus bog vom Weg ab und schlug die Richtung zum See ein. Sein Wasser war ein Spiel von Hell und Dunkel. Wald und Himmel spiegelten sich darin.

Sie ließen sich am schmalen Uferrand nieder. Markus legte seinen Arm um Annas Schulter.

»Weißt' noch, hier, im vorigen Jahr?«, sagte sie leise.

»Ja, kleine Fee, ich hab's nicht vergessen.«

»Ein Jahr ist's schon wieder her!«, seufzte sie.

»Und mir ist's, als wär es schon viel länger!«, sagte er, und er hob ein kleines Steinchen auf, das zwischen den Gräsern lag, und warf es ins Wasser. Anna verfolgte die Kreise, die sich bildeten. Unvermittelt sagte sie dann: »Willst mir nicht ein bissl von deiner Arbeit erzählen?«

»Ach, weißt du, das verstehst du doch nicht, und es würde dich nur ekeln, wenn ich dir erzähle, dass wir in der Anatomie an Leichen herumgeschnitten haben.«

Anna schauerte zusammen. »Ja«, sagte sie.

»Siehst du«, meinte er. Dann lachten sie, Anna lehnte ihren Kopf an seine Schulter, und schließlich fiel ihr ein, dass er sie noch gar nicht geküsst hatte. Sie drehte den Kopf ein wenig und schaute von der Seite her in sein Gesicht. Aber es war wie sonst.

»Schau, die Sonne!«, sagte er dann. »Es ist, als liege sie auf dem Grat.«

Anna kniff die Augen zusammen. Die Sonne stand hart über dem Felsengrau des Wieskogl, und je tiefer sie sank, desto röter wurde sie.

»Ein Sonnenuntergang ist immer etwas Wunderbares«, sagte Markus. »Wie schön doch Gott unsere Welt geschaffen hat!«

Anna nickte.

Das dunkle Wasser des Moorsees bekam für kurze Augenblicke purpurne Lichter aufgesetzt, aber als die Sonne hinter dem Grat hinabgesunken war, lag der See schon im Schatten der ihn eindunkelnden Wälder.

»Jetzt ist wenigstens die Hitze vorbei«, meinte Markus. Anna spürte den milden, warmen Wind, der aus dem Wald kam und ihr über die heiße Stirn strich.

»Und morgen früh geh ich zum Baden hierher, wenn's wieder so heiß ist«, setzte er hinzu.

»Fürchtest du dich nicht vor dem schwarzen Wasser und vor dem Schlamm?«

»Ich bin als Bub oft da geschwommen, wenn's auch die Mutter nicht hat wissen dürfen. Bis in den Herbst hinein kann man in dieses Wasser, weil's so warm ist. Man wühlt zwar eine Menge Schlamm auf, wenn man hineingeht, aber mir macht das nix aus.«

Mit blauen Schatten kam die Dämmerung ins Tal gezogen. Die Gipfel aber standen noch in hellem Licht, und die Schneefelder glänzten. Mit den Augen konnte man das Dunkel verfolgen, wie es langsam von den

Hochwäldern aus weiter nach oben kroch und Gipfel für Gipfel verschluckte, bis alles Gold und aller Glanz erloschen war.

Anna schmiegte sich enger an Markus. Die Liebe zu ihm füllte ihr ganzes Herz aus, und am liebsten hätte sie in einem fort gesagt: »Ich liebe dich, ich liebe dich!«

Aber sie sprach es nicht aus. Sie wartete darauf, dass er es sagen möge, aber er tat es nicht. Hie und da strich er ihr über das Haar, aber dann, später, küsste er sie doch. Mit einer heftigen Bewegung warf sie ihre Arme um seinen Hals.

»Oh, Markus, ich bin so glücklich, dass du jetzt wieder drei Monate zu Hause bist!«

»Nicht so wild, Anna, nicht so wild«, lächelte er, löste ihre Arme von seinem Hals, behielt aber ihre Hände in den seinen. Später erhoben sie sich und gingen am See entlang. Es war dunkel, nur die Sterne verbreiteten einen Hauch von Helligkeit. Mit leisem Glucksen schlug das Wasser an den Ufersaum.

Markus führte Anna zu einer halb verfallenen Bank, auf der man gerade noch sitzen konnte. Die Bretter der Rückenlehne hingen lose herab.

»Gib Acht!«, mahnte er, »anlehnen kannst dich da nicht.«

Eng aneinander geschmiegt saßen sie dann, und Markus erzählte von den vierzehn Tagen, in denen er auf dem Pfarrhof gewesen war. Anna hörte nicht immer genau hin. Sie dachte nur daran, dass sie jetzt neben Markus saß, dass er seinen Arm um sie geschlungen hatte und dass sie seine Stimme hörte.

Eine seltsam bleiche Helle stieg nun drüben über der Lofarerwand empor. Ganz langsam nahm sie vom samtenen Dunkel des Himmels Besitz und schien die Sterne zu verschlucken. Es war der Mond, der sich, voll und rund und mit starkem, weißlichem Licht, hinter dem Gipfel hochschob.

Markus wandte sich ihr zu: »Die Mondnächte sind doch die schönsten der Nächte!«

»Ja«, sagte Anna. Sie sah sein Gesicht. Das weißliche Licht ließ es bleich wirken. Es war fast wie eine Maske, schien nur aus Flächen und Winkeln, aus Licht und Schatten zu bestehen – und es war fremd. Plötzlich schienen eingefurchte Linien da zu sein, ein schmaler Mund. Älter und reif war das Gesicht.

»Markus, ich hab Angst!«, sagte Anna plötzlich, und sie wusste nicht einmal genau, warum sie es gesagt hatte.

»Angst? Wovor denn?«

»Ich weiß es nicht.« Sie schämte sich plötzlich wegen ihrer Unbeherrschtheit. Er hatte sich wieder abgewandt, aber sie spürte den leisen, zärtlichen Druck seiner Hand an ihrer Schulter.

Mit dem Höhersteigen des Mondes wuchs die Lichtbahn aus flüssigem Silber auf dem Wasser. Der Wald gegenüber stand wie eine stumme, schwarze Kulisse. Die Gipfel schimmerten in sanftem Grau unter dem Nachthimmel. Schön und fast geheimnisvoll leuchtete der Firn am Greinbachhorn.

Unwirklich erschien alles ringsum. Anna war es plötzlich, als wären Markus und sie Wesen aus einer Fantasiewelt und keine Geschöpfe aus Fleisch und Blut. Es war ihr, als gäbe es keinen Hof an der Lehn, keinen Vater, der ständig im Wirtshaus hockte, keine Lena und keine Klara ... Diese Welt hier war silbern und leicht, war die Welt der Feen, der Geister und der Träume. Und schritt nicht auch der tote Anderl dort drüben wie ein dunkler Schatten über die silberne Lichtbahn? Hob er nicht die Hand und winkte ihr zu?

Da schauerte Anna zusammen. Weit riss sie die Augen auf.

»Was hast du?«, hörte sie Markus fragen. Seine Stimme klang in ihrem Ohr, als käme sie von weit her.

Sie streckte den Arm aus. »Der Anderl! Dort! Er ist über das Wasser gegangen!«

»Der Anderl? Wer soll das sein?«

»Mein Bruder, der ertrunken ist!«

»Ach so, ja, jetzt erinnere ich mich. Es ist schon lange her. Aber über das Wasser kann er nicht gegangen sein. Er liegt auf dem Kirchhof, Anna.«

Ihre Augen waren noch immer geweitet, und ihr Blick wandte sich nicht von dem Punkt ab, an dem sie den toten Bruder gesehen zu haben glaubte.

Markus fasste sie mit beiden Händen an den Schultern und schüttelte sie leicht. »Anna! Komm wieder zu dir, du bist ja ganz verstört!«

Sein Rütteln brachte sie wieder in die Wirklichkeit zurück. Sie waren keine Wesen einer Fantasiewelt, sie waren Menschen aus Fleisch und Blut. Sie lebten ein wirkliches Leben, und es gab den Hof an der Lehn, den Vater, Lena und Klara. Es gab die Tage, die Monate, die Jahre. In einer Fantasiewelt gab es sie nicht.

»Anna, was ist denn?« Markus' Stimme klang jetzt besorgt. Da glitt ein Lächeln über ihr Gesicht.

»Ich hab geträumt. Es ist schon vorbei.«

Die silberne Lichtbahn auf dem See wurde breiter. Der Mond stand hoch.

»Wir müssen heim«, sagte Markus jetzt.

»Schon?«

»Darfst du denn so lange fortbleiben?«

»Der Vater ist ja im Wirtshaus, er weiß es nicht.«

»Trotzdem darfst du nicht zu lange fortbleiben.«

Er erhob sich und zog sie empor. Sie gingen den Weg zurück. Ihre Körper warfen schwarze, scharf abgegrenzte Schatten zum Waldrand hin.

Anna spürte wieder das süße, beseligende Gefühl der tiefen Liebe zu Markus. Es überschwemmte sie wie eine Welle, und sie musste stehen bleiben und ihre Arme um seinen Hals werfen.

»Ach, Markus, wenn wir doch schon für immer zusammen sein könnten! Es ist mir immer schrecklich, wenn du dich nach unserem Zusammensein von mir trennen musst. Ich meine jedes Mal, du nimmst ein Stück von meinem Herzen mit!«

»Aber Anna! Du darfst dich nicht gar so in diese Liebe hineinhängen, das ist nicht gut. Du bist noch so jung und klammerst dich an mich wie ein Ertrinkender an einen Strohhalm. Nimm es doch ein bisschen leichter, ein bisschen oberflächlicher!«

»Oberflächlicher?«, fragte Anna entsetzt. »Wie könnte ich das?« Sie hängte sich noch fester an seinen Hals, als ahnte sie, dass das Totengeläut für ihre Liebe schon angefangen hatte.

»Ich hab Angst! Bleibst du auch immer bei mir, Markus? Verlässt du mich nicht wegen eines anderen Mädchens?«

»Anna!« Er löste sanft, aber bestimmt ihre Hände von seinem Hals. »Was redest du denn da immer von einem anderen Mädchen? Mich interessieren keine anderen Mädchen, verstehst du?«

»Lena hat auch geglaubt, mit Ulrich Wiesböck für immer und ewig glücklich zu sein. Dann hat er eine andere nehmen müssen. Müssen oder nicht, es bleibt sich gleich; er ist jetzt mit einer anderen verheiratet!«

»Was hat das mit uns zu tun, Anna?«

»Verzeih mir, Markus, bitte, verzeih mir!«, sagte sie flehend. »Es quält dich, wenn ich so rede, ich spür's! Aber manchmal kommt einfach plötzlich eine Angst über mich, gegen die ich nur schwer ankommen kann.«

Markus strich über ihr Gesicht und über ihr Haar. »Ist ja schon gut, Anna.«

Im Wald erwachte der Wind. Leise begann er zu summen. Der Mond stand hoch, und ganz eingehüllt in sein weißliches Licht lag das Tal. Vor dem Hof nahm Markus Anna noch einmal in seine Arme und küsste sie.

»Gute Nacht, kleine Fee!«, sagte er zärtlich.

»Gute Nacht, Markus!«

Sie rannte die Treppe hinauf, in ihre Kammer hinein und an das Fenster, um ihm noch nachsehen zu können. Aber seine Gestalt war schon bald verschwunden.

»Bist du sehr glücklich?«, kam es plötzlich von Lenas Bett her.

»Ja, Lena, so arg glücklich, dass ich manchmal meine, es müsst mir das Herz zerspringen.«

Der Duft der Rosen in den Bauerngärten, der Duft des Grases und der Wälder hatte den Sommer erfüllt. Für Anna war er wie ein Wunder gewesen, voll Sonne, Wärme und Glück.

Mit dem Scheiden des Sommers ging auch Markus Egger wieder fort. Anna hatte geglaubt, er würde bis Ende Oktober bleiben, aber er musste einen Monat lang ein Praktikum in einem Krankenhaus ableisten. So ging er Ende September, und Anna war wieder allein.

Die Monate vergingen. Als der März mit Föhnstürmen ins Tal zog und der Schnee zu zerrinnen begann, wartete Anna wieder auf Markus, aber er kam nicht. Sie bezwang sich und lief nicht zum Egger-Hof hinüber. Markus würde schon einen Grund haben, wenn er noch nicht kam. Vielleicht war er wieder auf dem Pfarrhof.

Aber der ganze Monat verging, ohne dass Markus ins heimatliche Dorf kam. Anna war niedergeschlagen. Zudem schien der Winter noch einmal ins Tal zurückzukehren. Schwere Schneestürme suchten es heim. Und dann, um Mitte April herum, begann der Schnee wieder zu schmelzen. Es ging schnell. Bald war das ganze Tal von ihm befreit, doch die höheren Lagen waren noch tief verschneit.

In dem braunen, noch tot erscheinenden Gras unter den Büschen am Wildbach blühten die ersten Veilchen. Ihr Blau hatte fast die Farbe von Annas Augen. Und in diesen Tagen kam auch Markus nach Hause.

Ein heftiger Föhnwind zerrte an den knospenden Bäumen, als Anna mit Markus zusammentraf. Sie hatte sich an seinen Hals hängen, ihn küssen und streicheln wollen, aber sein Gesicht war so ernst, so anders geworden, dass sie es nicht wagte. Fast wie ein fremder junger Mann erschien er ihr an diesem Wiedersehenstag.

»Anna!« Markus nahm ihre Hand in die seinen. »Ich freu mich, dass ich dich sehe!« Er sagte es leise und zärtlich, aber Anna fühlte plötzlich, dass es nicht die Zärtlichkeit eines liebenden Mannes war, sondern eher die Zärtlichkeit eines Bruders. Ein tiefer, kalter Schmerz durchzuckte sie, und ihre Augen weiteten sich.

»Ich fühl's, es ist etwas geschehen, Markus!«, stammelte sie.

Er nickte. »Ja, es ist etwas geschehen, und ich muss mit dir reden. Hast du Zeit?«

»Ich hab immer Zeit, wenn du es willst«, antwortete sie fast demütig.

»Dann komm!«

Sie gingen die alten Wege, die sie oft zusammen gegangen waren. Der Föhnwind zerrte an ihren Kleidern, ließ die starren schwarzen Äste mit den grünen Punkten daran erzittern.

Markus suchte Annas Hand und hielt sie in der seinen fest, und in Anna keimte die Hoffnung auf, dass es nichts Schlimmes sein konnte, das er ihr erzählen würde. Sie setzten sich auf die alte, halb verwitterte Bank, die aus Fichtenstämmen gefertigt war und unterhalb des Waldrandes an einem wenig begangenen Weg stand.

Zuerst herrschte Schweigen zwischen ihnen. Anna wollte etwas sagen, aber sie spürte, dass sie jetzt warten musste. Der Wind fuhr sausend aus dem Wald und fegte über die Wiesen, die unter dem Braun schon zarte junge Gräser angesetzt hatten. Anna schauerte zusammen.

»Frierst du? Willst meine Jacke haben?«

Er wartete ihre Antwort gar nicht erst ab, sondern schlüpfte aus der Jacke und legte sie um ihre Schultern.

»Ich hab noch einen Pullover an«, meinte er dann. Danach herrschte wieder Schweigen zwischen ihnen, bis Markus nach einer Weile endlich begann: »Ich weiß nicht recht, wie ich's dir sagen soll, Anna. Es ist nicht so einfach, es mit ein paar Worten so auszudrücken, dass du mich verstehen kannst.«

»Ja?«, sagte Anna ein wenig hilflos. Ihr schönes Gesicht, vom hellen Haar umrahmt, erschien traurig. Fragend blickten ihre Augen in die seinen.

»Mein Leben wird sich ändern, Anna. Ich werde einen anderen Weg gehen.«

»Einen anderen als bisher?«

»Ja. Ich kehre nimmer an die Universität zurück, ich hab das Medizinstudium aufgegeben.«

»Aufgegeben?«, fragte sie erschrocken, aber noch immer nicht ahnend, was in Wirklichkeit auf sie zukommen würde.

»Ich hab erkannt, dass der Beruf eines Arztes mir nicht die Erfüllung bringen kann, die ich mir wünsche. Ich gehe auf ein Priesterseminar und werde Geistlicher!«

Jetzt war es ausgesprochen, und es traf Anna wie ein scharfes Schwert. Sie zuckte heftig zusammen und duckte sich unwillkürlich, als wäre dieses Schwert schon auf sie niedergefahren. Und eigentlich war es ja auch so. Ihre Augen weiteten sich, und ein Ausdruck von Nichtbegreifen und Entsetzen stand darin.

»Geistlicher?« Das Wort kam rau und stoßweise über ihre Lippen.

»Ja, Anna«, sagte er fest und ruhig, »ich werde Priester. Das allein ist der richtige Beruf für mich. Ich hab in den ganzen letzten Monaten gefühlt, dass er nicht nur Beruf, sondern auch Berufung für mich bedeutet. Zuerst war es nur wie ein kleines Pflänzchen, aber es ist in mir gewachsen wie ein Baum, und jetzt ist es groß und stark und wie ein Licht, das niemand mehr auslöschen kann.«

»Und ich – ich kann es auch nicht auslöschen?«, fragte Anna, und dabei stürzten die Tränen aus ihren Augen.

»Nein, auch du nicht. Es ist alles schon beschlossen. In vierzehn Tagen geh ich ins Priesterseminar nach St. Ulrich.«

Anna spürte, wie eine ungeheure Woge von Schmerz alles Glück und Seligkeit in ihr tötete. Warum stürzte der Himmel nicht auf sie nieder? Warum tat sich die Erde nicht auf? Warum blieb ihr Herz nicht stehen? Sie schlug die Hände vors Gesicht und weinte.

»Anna, bitte, versuch mich zu verstehen!«, bat Markus und nahm sie an den Schultern. Aber sie fuhr auf und schüttelte seine Hände ab. Ihr Gesicht war bleich, von Tränen überströmt und schien in Minuten gealtert zu sein.

»Wie leicht du es dir machst!«, rief sie. »Du glaubst, mit ein paar kärglichen Worten kann man einfach alles auslöschen, was gewesen ist?«

»Ich will nichts auslöschen«, sagte er ruhig, »im Gegenteil. Es soll alles für immer in unseren Herzen verbleiben, und für alle Zeiten können wir die Erinnerung hervorholen, wann auch immer wir wollen!«

»Du redest schon wie ein Pfarrer!«, rief sie bitter.

»Anna!«

»Ist es nicht so? Was hab ich von der Erinnerung, wenn Glück und Liebe zerstört sind?«

»Sie sind doch nicht zerstört. Immer, wenn ich in den Ferien zu Hause sein werde, können wir uns sehen und sprechen. Wir werden uns nie aus den Augen verlieren!«

»Und die Leute werden zu reden beginnen!«, rief sie laut.

»Anna!« Markus griff nach ihren Händen und hielt sie fest, obwohl sie sie ihm entziehen wollte. »Anna, es war eine wunderschöne Zeit mit dir, und ich werde sie nie vergessen! Aber das, was du dir ausgemalt hast, kann nicht sein. Mann und Frau können wir niemals werden. Mich verlangt auch nicht danach. Mein Weg ist ein anderer, ein höherer. Es ist schon immer in mir gewesen, ich hab es nur nicht gleich erkannt.«

Unter dem zartblauen Vorfrühlingshimmel segelten graue Wolken mit dunklen Rändern. In der Luft lag der Geruch nach feuchter Erde und Schnee.

Mit einem schnellen Ruck befreite Anna ihre Hände aus den seinen und sprang auf. Sie stand vor ihm, zart und mit bleichem Gesicht. Das Blau ihrer Augen schien fast schwarz geworden zu sein.

»Du liebst mich nicht! Du hast mich nie gern gehabt! Sonst könntest du nicht so etwas tun! Man kann nicht so einfach eine Liebe beiseite schieben, wenn man Priester werden will! Die Liebe sitzt fest im Herzen, und wenn man sie herausreißen will, tut es weh! Aber dir tut nichts weh! Du kannst einfach darüber hinweggehen! Also war niemals die Liebe zu mir in deinem Herzen, und alles, was du mir je gesagt hast, war gelogen!«

»Anna, ich ...«

Sie riss die Arme hoch und hielt sich mit den Händen die Ohren zu.

»Ich will nichts mehr hören, gar nichts, und ich will dich nie mehr sehen, nie mehr!«

Einen Herzschlag lang stand sie starr, dann fielen ihr die Arme herunter. Jäh wandte sie sich um und lief wie gehetzt davon.

»Anna! Anna! So hör doch!«

Aber Anna hörte nicht mehr. In diesem Augenblick wusste sie, dass nichts, aber auch gar nichts mehr einen Sinn hatte. Die Erkenntnis war begleitet von einem ungeheuren Schmerz, der sich brennend durch ihren ganzen Körper zog. Sie lief. Sie lief einfach davon und wusste nicht wohin. Ganz flüchtig bemerkte sie nur, dass sie im Wald war und dass laut der Wind über ihr in den Wipfeln rauschte.

Sie wusste nicht mehr, wie lange sie gelaufen war, aber irgendwo ließ sie sich auf den Boden fallen. Die Erde war nass und kalt. Und dann brach es aus ihr hervor: ein haltloses Weinen, ein Schreien fast. Sie konnte nicht anders. Der ungeheure, brennende Schmerz suchte nach einem Ventil. Ihre Schultern zuckten, ihr ganzer Körper bebte.

Als sie endlich nach geraumer Zeit etwas ruhiger wurde, starrte sie wie erwachend vor sich hin. Aber der Ausdruck in ihren Augen war leer. Es war alles vorbei! Nie wieder würde ihr Leben so sein, wie es einmal gewesen war! Nie wieder würde sie an Markus' Brust liegen, seine Küsse spüren und seine streichelnden Hände an ihrem Haar. Nie mehr! Und wie eine Welle erfasste sie erneut der wühlende Schmerz um das unwiederbringlich Verlorene. Sie ließ sich fallen. Ihr Gesicht lag auf der nassen Erde, ihre Finger verkrallten sich.

Was hatte Markus getan? Sie konnte es einfach nicht fassen! Alles hatte er weggeworfen: die Liebe, das Glück, ihr gemeinsames Leben!

Als sie sich nach einer langen Weile wieder aufrichtete, ahnte sie nicht, dass ihr Gesicht um Jahre gealtert war. Es war nicht mehr das zarte, sanfte eines blutjungen Mädchens, sondern das ernste, gereifte einer Frau.

Schwankend erhob sich Anna und suchte nach dem Weg aus dem Wald. Die Sonne hatte sich hinter den Wolken versteckt, ihr Licht war erloschen. Anna spürte den Wind kalt auf ihrem Rücken. Sein sausendes Rauschen war wie eine Trauermelodie.

»Es ist alles vorbei«, dachte sie im Gehen. »Es ist alles vorbei! Für immer und ewig!«

Als sie aus dem Wald hinaustrat, den Kopf hob und um sich blickte, schien es ihr, als wäre die Welt fremd und sie selbst ein Teil, der nicht dazugehörte. Alles war verändert.

Langsam, mit schleppenden Schritten, ging sie heim. Sie sah die neugierigen Blicke nicht, die ihr die Leute zuwarfen, die ihr über den Weg liefen, denn ihr Gesicht war verschmutzt, ebenso die Kleider.

Lena bürstete die Joppe des Vaters vor dem Haus aus, als Anna kam. »Um Gottes willen, was ist denn passiert?«, entfuhr es ihr, als sie das schmutzige, leere Gesicht der Schwester sah.

Anna war wie versteinert. Sie ging an Lena vorbei, in ihre Kammer hinauf und legte sich, so wie sie war, auf das Bett. Ihre Augen starrten gegen die Wand.

»Anna, um Gottes willen, sag doch, was los ist? Du schaust ja schrecklich aus? Bist wo heruntergefallen?«

Das Mädchen schüttelte den Kopf. »Es ist alles aus, Lena, alles!«

»Was ist aus?«, fragte die Schwester verständnislos. Sie ging zur Kommode, holte einen Waschlappen und tauchte ihn in den Wasserkrug. Dann wischte sie Anna den Schmutz aus dem Gesicht.

»Was ist aus?«, fragte sie noch einmal.

»Mit dem Markus ist's aus. Er hat's mir heut gesagt.«

»Hat er eine andere?«, fragte Lena erschrocken.

Anna bewegte verneinend den Kopf in den Kissen hin und her.

»Es ist viel schlimmer, Lena, viel schlimmer!«
»Was kann denn schlimmer sein?«
»Er hat alles aufgegeben«, schluchzte Anna jetzt. »Er will kein Doktor mehr werden, er wird Priester! Im Mai geht er ins Seminar.«
»Nein!«, stieß Lena hervor. »Das ist doch nicht möglich! Ich kann's nicht glauben! Markus und Priester!«
Anna richtete sich halb auf.
»Siehst du, das ist viel schlimmer als bei dir! Du weißt, dass Ulrich nur dich allein liebt, dass man ihn gezwungen hat, die Gruber Fanny zu heiraten! Und ein kleines Fünkchen Hoffnung in dieser Welt kann für dich noch da sein. Es könnt der Fanny einmal irgendetwas passieren, und dann wär für den Ulrich der Weg zu dir wieder frei.«
»Um Gottes willen!«, entfuhr es Lena. »An so was hab ich mein Leben noch nicht gedacht!«
»Aber die Möglichkeit gäb's!«, beharrte Anna. »Aber bei mir ist es anders. Ich weiß jetzt, dass mich der Markus nie wirklich gern gehabt hat, sonst könnt er mich ja nicht so leichten Herzens aufgeben. Und ist er Priester, dann ist endgültig alles verschlossen.«
»Noch ist er es nicht!«
»Ach, Lena! Wenn du seine Augen gesehen, seine Worte gehört hättest! Es ist schon immer in ihm gewesen, hat er gesagt, und jetzt sei es gewachsen wie ein Baum! Er könne nicht anders!«
Über Annas wachsbleiches Gesicht rannen die Tränen in breiten Bächen. Ihre Augen waren rot umrandet und die Lider angeschwollen.
»Es ist, als hätte sich ein unergründlich tiefer und schwarzer Abgrund aufgetan und hätte mich ver-

schluckt. Ich bin gar nimmer da, Lena. Ich bin weit, weit fort.«

»Daran ist bestimmt seine Mutter schuld, diese bigottische Person!«, entfuhr es Lena.

Aber Anna schüttelte wieder den Kopf. »Das glaub ich nicht. Sie hat gar nix damit zu tun. Sie war damit einverstanden und zufrieden, dass er ein Doktor wird. Sie hat bestimmt nicht daran gedacht, dass er je ein Geistlicher werden könnt. Aber jetzt wird sie sich natürlich darüber freuen.«

Anna schloss erschöpft die Augen. Lena wischte ihr mit dem Lappen die Nässe vom Gesicht, säuberte ihr die Hände und zog ihr die verschmutzten Kleider aus.

»Komm«, sagte sie sanft, »jetzt schaust, dass du ein wenig schlafen kannst. Das wird dir gut tun.«

»Oh, Lena!«, weinte Anna plötzlich auf und warf die Arme um den Hals der Schwester, »warum tut Gott das mit uns? Was haben wir denn verbrochen, dass Er uns so straft?«

»Ich weiß es auch nicht, Anna«, sagte Lena mit erstickter Stimme. »Wir müssen's tragen, was Er uns auferlegt hat!«

Anna ließ sich wieder in die Kissen zurückfallen.

»Ich kann's nicht fassen! Ich kann's nicht fassen!«

Sie wühlte ihr Gesicht in den Kissen hin und her. Da kam Klara in die Kammer und blieb an der Tür stehen.

»Was ist denn los? Man hört euch ja fast bis hinunter!«

Lena erzählte ihr knapp, was geschehen war.

»Und deswegen tust du dich so ab?«, fragte Klara empört. »Der ist's doch nicht wert! Zuerst redet er dir von Liebe und von ewigem Zusammenbleiben, und dann geht er hin und wird Pfarrer! Wenn's nicht so traurig wär, könnt man grad hinauslachen!«

»Klara!«, wies Lena die Schwester zurecht. »Einen andern Trost hast nicht?«

»Was soll ich sonst sagen? Es ist doch so!« Sie kam an Annas Bett. »Aber wirst sehen, es dauert nicht lang, dann hast du es überwunden. Du bist noch so jung.«

»Nie werde ich das überwinden, nie!«, stieß Anna hervor. »Und jetzt möcht ich allein sein«, setzte sie hinzu.

Als Klara und Lena gegangen waren, starrte sie zum Fenster. Sie hörte den Wind, der sausend über das Dach fuhr und das Gebälk knistern ließ. Irgendwo am Haus klapperte ein Holzladen.

Anna fühlte den Schmerz körperlich, als würde jemand ein Messer in ihr Herz bohren. Der Frühling würde mit dem Duft des frischen Grases kommen, dem Duft der Wälder, mit den Blumen und Schmetterlingen, aber sie würde sich nicht mehr daran erfreuen können, denn Markus, mit dem sie die Freude geteilt hatte, würde nicht mehr an ihrer Seite sein! Die Welt war nur noch eine halbe für sie.

Und jetzt erkannte sie auch, dass sie schon längere Zeit insgeheim geahnt hatte, dass etwas kommen würde. Hatte sie an Markus nicht schon vorher eine Veränderung festgestellt? Damals hattte sie nicht gewusst, was es sein konnte. Jetzt hatte sie Gewissheit.

Wie kurz dieser Traum von Liebe und Glück gewesen war! Und wie lange würden nun Schmerz und Trauer sie begleiten! Anna wandte den Blick vom Fenster ab und schloss die Augen. Ein Gefühl von tiefer Resignation und Ausweglosigkeit erfasste sie. Das Glück war entschwunden wie Rosenblüten im Spätherbst, wenn der erste Schnee fiel! Sie hatte geglaubt, es in Händen zu halten für immer. Doch wie flüchtig war es gewesen!

Anna erinnerte sich noch oft in späteren Jahren an die Stunden dieses ersten, tiefen Schmerzes – in späteren Jahren, da er zwar verebbt war, aber unendliche Trauer zurückgelassen hatte.

Sie drehte sich auf die Seite und versuchte zu schlafen. Der Föhnwind fuhr heulend um die Mauern, ließ erneut den Fensterladen klappern und begann im Kamin zu singen.

Die Jahre vergingen. Strenge, eiskalte Winter ließen das Tal erstarren, Föhnstürme knickten Bäume in den Wäldern. Die Schneeschmelze ließ den Wildbach über die Ufer treten, heiße, trockene Sommer ließen ihn fast versiegen.

Für Anna Haberer war diese Welt nicht mehr die von früher, als sie an Markus' Seite die Wege zum Waldrand an der Lichtung oder zum See gegangen war.

Für einige Zeit kam Markus Egger überhaupt nicht nach Hause. Alle im Dorf wussten nun, dass er Priester werden würde. Und wenn er für einige Zeit im Elternhaus weilte und Anna die Leute davon erzählen hörte, ging sie kaum aus dem Haus. Sie wollte Markus nicht begegnen. Sie hätte es nicht ertragen. Mit der Zeit machte die Liebe in ihr eine seltsame Wandlung durch. Enttäuschung und Bitternis umkleideten sie mit einem trüben Gewand, und manchmal kam sogar Hass dazu.

Im Gegensatz zu Lena, die sich mit ihrem Schicksal abgefunden und sogar zu einer gewissen Lebensheiterkeit durchgerungen hatte, war Anna nur noch mehr in

Bitternis und Trauer versunken. Sie konnte Markus den Schritt, den er getan hatte, nicht verzeihen. Sie war wie fixiert darauf, dass Markus ihre Liebe verraten hatte. Im Gegensatz zu Ulrich Wiesböck hatte alles in seinem eigenen Willen gelegen, und er war nach Annas Meinung den falschen Weg gegangen und hatte eine Tote zurückgelassen. Sie kam sich manchmal wirklich wie eine Tote vor. Die Monate und Jahre zogen an ihr vorüber, als gäbe es sie gar nicht. Von ihrer Umwelt nahm Anna kaum Notiz. Sie verrichtete ihre Arbeit, saß an den Sommerabenden oft stundenlang stumm auf der Hausbank und starrte vor sich hin. Es war ihr manchmal, als wäre ihre Seele längst fortgeflogen und hätte nur den leeren Körper zurückgelassen. Dann wiederum wühlte eine so tiefe Verbitterung in ihr, dass sie glaubte zerspringen zu müssen.

Die Geisteskrankheit der Bäuerin hatte sich zusehends verschlechtert. Sie versank die meiste Zeit in tiefe Depressionen und Apathie. Wenn die drei Mädchen sie besuchten, erkannte sie ihre Kinder oft gar nicht mehr.

Der Haberer fuhr meistens allein zur Klinik. Manchmal blieb er sogar über Nacht weg, und wenn er am nächsten Tag nach Hause kam, rochen seine Gewänder intensiv nach Bier und Tabak, und die Mädchen wussten dann, dass der Vater die meiste Zeit in einem Wirtshaus verbracht hatte.

Eines Nachts, als er vom »Schimmel« nach Hause kam, fiel er polternd gegen die Haustür. Anna, die schon lange nicht mehr tief und fest zu schlafen vermochte, wachte sofort auf. Sie lauschte ins Dunkel und hörte dann, wie der Vater die Tür laut und scheppernd ins Schloss warf und wie er laut lallend in die Küche schlurfte. Dort stieß er anscheinend an sämtliche Stühle. Und dann war plötzlich lautes Gekreische und Geschimpfe zu hören, und gleich darauf klirrendes Geschepper. Es musste eine ganze Menge Geschirr auf den Boden gefallen sein.

Anna sprang aus dem Bett. Auch Lena war nun aufgewacht, und gemeinsam eilten sie in die Küche hinunter. Unten gesellte sich Klara zu ihnen, die von den Geräuschen ebenfalls aufgeweckt worden war.

Als sie die Küche betraten, sahen sie, was der Vater angerichtet hatte. Sämtliche Tassen und Teller und auch einige Schüsseln lagen zerbrochen am Boden.

»Vater!«, rief Klara scharf. »Du bist ja völlig betrunken.« Sie kniete auf dem Boden und kehrte die Scherben zusammen.

»Das schöne Geschirr!«, rief Anna aus.

»Das schöne Geschirr!«, äffte der Haberer nach. »Ist wurscht, ist doch alles wurscht!«, sagte er dann.

»Nichts ist wurscht, Vater!« Lena zog die Stirn in Falten. »Auf jeden Fall geht das nicht mehr so weiter mit dir. Wir werden zum Wirt gehen und ihm sagen, dass er dir keinen Alkohol mehr geben soll.«

Die Faust des Haberers fuhr auf die Platte des Küchenkastens. »Herrschaftszeiten! Was bildet ihr euch ein? Ich hab eure Vorhaltungen satt! Ständig liegt ihr mir damit in den Ohren! Ich kann ins Wirtshaus gehen, so oft es mir gefällt! Noch bin ich der Herr im Haus!«

Plötzlich lachte er scheppernd und rief dann: »Ihr freilich, ihr könnt es nicht verstehen, wenn man noch Lebensfreude hat! Ihr mit euren verbitterten Gesichtern, weil euch die Liebhaber davongelaufen sind! Schaut euch doch im Spiegel an! Ihr wart einmal bildhübsch, und was ist daraus geworden? Und du, Klara, du bist nur stolz und hart und sonst gar nix. Alte, verbissene Jungfern werdet ihr alle drei, und da soll man nicht das große Grausen bekommen? Im Wirtshaus ist's doch viel schöner als daheim! Ihr seid ja …«

Anna hörte nicht mehr hin. Sie wandte sich jäh um und lief aus der Küche in ihre Kammer hinauf. Im Bett wühlte sie ihr Gesicht in die Kissen.

Mit dem Vater ging es bergab. Sie, die drei Mädchen, mussten vom frühen Morgen bis in den späten Abend schuften, dass auf dem Hof alles wenigstens einigermaßen so blieb, wie es gewesen war.

Anna legte sich auf den Rücken, öffnete die Augen und starrte in das Halbdunkel, das die Kammer füllte. Sie hörte den Sommerwind in den Bäumen des Obstgartens rauschen. Irgendwo stand der Mond, doch im Fensterausschnitt war er noch nicht zu sehen.

Von unten drangen weiterhin lautes Reden, das Klirren von Geschirr und Geklapper von Töpfen herauf. Dann hörte Anna, wie der Vater polternd seine Schlafstube aufsuchte. Bald danach kam auch Lena wieder und legte sich zu Bett.

»Bist du noch wach?«, fragte sie, und ihre Stimme, zitterte ein wenig.

»Ja«, antwortete Anna leise. »Ich kann oft nicht schlafen.«

Dann wurde es still zwischen ihnen. Aber es war ein Schweigen, das noch nicht endgültig zu sein schien. Anna spürte, dass Lena irgendetwas sagen wollte, und nach einer Weile kam es auch schon: »Der Ulrich und die Fanny bekommen ein Kind! Jetzt, nach fünf Jahren!« Ihre Stimme klang wie zerbrochenes Glas.

»Ein Kind?«

»Ja, und wenn ich mir vorstelle, dass sie so beisammen gewesen sind, dass sie ein Kind bekommen, dann könnte ich verrückt werden.«

»Aber Lena, sie sind doch schließlich Eheleute!«

»Aber er liebt doch nur mich! Wie kann er da mit der anderen …?«

»Ach, Lena, das kannst du ihm doch nicht vorwerfen! Sie sind miteinander verheiratet und immer beisammen. Sicher hat er sich jetzt auch damit abgefunden, dass er mit der Fanny verheiratet ist.«

»Ja, vielleicht«, sagte Lena, »ich hab mich ja auch damit abgefunden.«

Anna schloss die Augen. Sie dachte an Markus, und das Herz tat ihr dabei weh.

Am nächsten Tag machte Anna am Abend einen längeren Spaziergang bis zu jenem Waldrand, an dem sie öfter mit Markus gesessen hatte. Sie war schon lange nicht mehr von zu Hause fortgegangen, und Markus war zu dieser Zeit auch nicht daheim im Dorf.

Unter dem heftigen Wind segelten weiße Wolken durch das Sommerblau. Die Eispyramide des Greinbachhorns stach mit scharfen Graten vom Himmel ab.

Anna setzte sich ins Gras. Der weite, schwarze Rock, den sie trug, war geflickt und das Rot des Spenzers verwaschen. Das Silberblond ihres Haares leuchtete wie eh und je, ihre blauen Augen aber waren dunkel und voller Schmerz.

Der Wind fuhr sausend durch den Wald. In Wellen bog sich das Gras, das bald den zweiten Schnitt bekommen würde. Die Sonne stand schon tief. Es roch nach Harz, nach Erde und nach dürren Nadeln.

Anna schloss ein paar Herzschläge lang die Augen. Wie lange war es schon wieder her, dass sie mit Markus hier gesessen hatte! Wohin war die Zeit gegangen? Sie hatte das Licht und das Glück mit sich genommen.

Mit einem heftigen Aufbrausen fuhr der Wind aus dem Wald. Äste knackten, und dann hörte Anna plötzlich einen Schritt. Es hätte ein Holzknecht sein können, oder ein Bauer von einem Berghof, aber Anna spürte plötzlich etwas seltsam Heißes in sich aufsteigen. Wie von einer unsichtbaren Macht gezwungen, drehte sie sich um. Und da war der Mann auch schon neben ihr. Es war Markus.

»Anna! Es ist schön, dass wir uns endlich einmal wiedersehen.«

Anna sprang auf. Sie sah sein Gesicht, wie es immer gewesen war, nur ein wenig älter, ein wenig reifer und die dunklen Augen tiefer als früher und von einer Aufgabe erfüllt. Ihr Herz zog sich unter einem jähen, kalten Schmerz zusammen.

»Geh! Ich will dich nicht sehen!«

»Aber Anna, bist du denn immer noch böse mit mir?«

»Böse nennst du das?«, spottete sie bitter. »Einen anderen Ausdruck kennst du wohl nicht dafür?«

Sein vorher heiteres Gesicht wurde ernst.

»Anna! Wir sind doch beide fast noch Kinder gewesen, jung und dumm! Ich hab angenommen, dass du längst einen Mann gefunden hast, den du wirklich liebst und den du heiratest. Als wir zusammen waren, warst du doch noch ein kleines Mädchen, und so ein Verliebtsein in dem Alter ist doch keine richtige Liebe! Anna, komm, gib mir die Hand zum Zeichen, dass du mir nicht mehr zürnst!«

Groß und weit und ganz dunkel waren Annas Augen während seiner Worte geworden. Jetzt trat sie einen Schritt zurück. War der Himmel denn noch immer an seinem Platz? Und die Sonne auch und die Gipfel ringsum? Und war das noch der Markus Egger, den sie einmal gekannt und über alles geliebt hatte? Nein, er war es nicht mehr. Es war ein Fremder, der vor ihr stand. Und wenn sie vor wenigen Augenblicken noch geglaubt hatte, es wäre sein vertrautes Gesicht gewesen, so war es jetzt fortgewischt, fortgewischt von seinen Worten.

»Anna, so sag doch was! Ich hab mich gefreut, als ich dich da so hab sitzen sehen, weil ich dich schon öfter auf meinen Spaziergängen gesucht, aber nie gefunden hab. Anna!« Er trat näher und wollte nach ihren Händen greifen, aber wieder wich sie zurück. Und jetzt kam ihr erst zu Bewusstsein, dass er das Gewand des Priesterseminars und Klosters von St. Ulrich trug. Schwarz war es und lang, und Markus sah schon wie ein Mönch darin aus. Sie starrte ihn an – ihre Augen brannten. Und dann war kein Gedanke mehr in ihr. Alles schien leer zu sein, bis auf das hart schlagende Herz. Ihr Blick glitt von ihm ab, irrte umher. Dann wandte sie sich ab und ging davon.

Markus folgte ihr. »Anna, was ist denn? Sag doch was!«

Sie schien ihn nicht zu hören, ja, es war fast so, als merkte sie nicht, dass er neben ihr ging. Sie hatte den Kopf erhoben und ein klein wenig in den Nacken gelegt. Ihre Augen starren geradeaus.

»Anna!«

Früher einmal hatte er »kleine Fee« zu ihr gesagt! Aber das war schon tausend Jahre her. Früher waren sie

Kinder gewesen. Er hatte es so gesagt. Und jetzt waren sie erwachsen.

»Anna!«

Sie setzte mechanisch einen Fuß vor den andern. Sie sah ihn nicht mehr. Den Markus, den sie einmal gekannt hatte, würde sie nie mehr sehen, denn es gab ihn nicht mehr. Da blieb er zurück.

Hoch oben über ihrem Kopf zogen die weißen Wolken, und ihre wandernden Schatten lagen auf dem Tal. Irgendwo sang der Wind in den Bäumen. So namenlos traurig wie an diesem Tag war Annas Herz noch nie gewesen.

Es war ein Bild wie auf einem Gemälde. Unwahrscheinlich schön und farbig, aber nicht grell. Der Eisgipfel des Greinbachhorns schien in der heißen, flimmernden Luft weiter entfernt zu sein als sonst. Aber er reckte sich gleißend in das blasse, schimmernde Blau des Himmels. Aus den Schrunden in den grauen Felsabstürzen der Lofarerwand waren die Schneereste verschwunden. Gipfel reihte sich an Gipfel. Es war ein Halbrund von schimmerndem Fels, von dunklen Wäldern und grünenden Matten. Aus ihnen leuchteten hin und wieder die weiß getünchten Wände eines Gehöftes. Und unten auf den Wiesen mähten die Leute das Gras.

Auch die vom Hof an der Lehn waren schon seit dem frühen Morgen draußen. In einer Reihe mähten der Haberer und seine drei Töchter. Die Frauen trugen alte Strohhüte auf den Köpfen, damit Haare und Gesichter vor der sengenden Sonne geschützt waren.

Klaras Mund war herb geschlossen. Aber während sie mit der Sense ausholte, fragte sie sich, wie lange sie das hier noch machen würde. Sie hatte keinen Blick für die Schönheiten der Natur. Sie sah nicht den Eisgipfel des Greinbachhorns schimmern, sah nicht den zarten, hellen Frühsommerhimmel, die blauenden ansteigenden Wälder. Mit jedem Mal, da sie mit der Sense ausholte und dann im Schwung von rechts nach links die Halme fielen, hasste sie diese Arbeit mehr. War sie hier in diesem kleinen, abgelegenen Tal mit den wenigen Gehöften nicht ganz und gar von der Welt abgeschnitten? Was war hier das Leben? Spürte man es hier überhaupt? Die Jahre zerrannen, und nichts ließen sie zurück. Und eines Tages würde auch ihr Leben zerronnen sein, ohne Höhepunkte und Tiefen gezeigt zu haben. Eintönig, wie der Wildbach über die Steine floss, zerrann hier ihr Leben. Sie, Klara, aber wollte es genießen, es mit vollen Händen ausschöpfen.

Manchmal aber wusste sie selbst nicht, was sie sich eigentlich darunter vorstellte. Sie wusste nur, dass es hier in ihrem heimatlichen Dorf öde und langweilig war und dass es noch eine andere Welt da draußen gab.

Die Sense sauste mit einem pfeifenden Ton in das Gras, und die Halme fielen jäh. Ihr Duft stieg frisch und schwer empor.

Jetzt schaute Klara einen Herzschlag lang zum Himmel auf, und sie sah eine kleine, weiße Wolke, sehr weit oben, die von irgendwoher gekommen war. Und einen weiteren Herzschlag lang dachte Klara, dass dieses kleine Gebilde alle die Städte sah, nach denen sie, Klara, sich sehnte.

Wenig später, als Klara wieder nach oben schaute, schwand die Wolke schon im Wind. Ein seltsam bohrendes und brennendes Gefühl war in ihr Herz gekommen. Die Wolke hatte ihre Sehnsucht nach der Ferne neu und schwer entflammt.

»Hol die Brotzeit, Klara!«, rief der Vater zu ihr herüber. Sie nickte, trat aus der Reihe und ging davon. Sie lehnte die Sense an den wilden Kirschbaum, der am Wiesenrain stand, nahm den Hut ab und legte ihn daneben. Dann griff sie sich mit beiden Händen ins Haar und lockerte es. Hell war es, wie goldgesprenkeltes Silber, und sprühte in der Sonne.

Als sie an der Dobler'schen Bachwiese vorbeikam, löste sich Bertold aus der Mitte der anderen und lief zu ihr her.

»Grüß dich, Klara«, sagte er freudig, »wo gehst hin?«
»Brotzeit holen.«
»Warum machst denn so ein Gesicht?«
»Es hängt mir zum Hals heraus!«, stieß sie hervor. »Es hängt mir einfach zum Hals heraus!«
»Was denn?«

Ihr Blick wurde plötzlich verächtlich. »Du bist ein naiver Mensch, Bertold. Mit dir kann man sich nicht richtig unterhalten.«

Sie ließ ihn einfach stehen und lief davon.

Was denn, hatte er gefragt. Was denn! Er verstand sie nicht, und er würde sie nie verstehen! Wen gab es, der sie überhaupt verstehen konnte?

Als sie mit der Brotzeit zurückkehrte, hockte sie stumm mit den anderen unter dem Kirschbaum. Lustlos kaute sie das Brot. Einmal würde der Tag kommen, ja, einmal!

Auch Lena saß stumm. Machte es der schmeichelnde Wind, der Duft des Grases, dass sie fortwährend an Ulrich denken musste und daran, dass er und seine Frau nun ein Kind erwarteten? Es hatte mehrere Jahre gebraucht, bis es dazu gekommen war. Aber jetzt war es so weit. Sie hatte geglaubt, über den ärgsten Schmerz hinweg zu sein. Aber jetzt, da sie wusste, dass die beiden ein Kind bekommen würden, tat ihr das Herz wieder bis in die tiefsten Tiefen weh.

Sie schaute zum Gipfel des Greinbachhorns hinauf, auf dessen Firn die Sonne gleißte. Wie waren die Jahre vergangen ohne Ulrich! Tag hatte sich an Tag gereiht, Monat an Monat, und kein Licht, keine Sonne hatte sie erhellt. Unerreichbar fern war Ulrich. Gott hatte ihn in der Kirche mit Fanny Gruber zusammengetan. Dies galt für immer und ewig, und kein Mensch war im Stande, dieses Band zu lösen.

Ein Schmetterling flog über das gemähte Gras und ließ sich dann auf einem hoch stehenden Halm nieder. Er pumpte ein paar Mal mit den Flügeln und flog wieder davon.

Anna saß an den Stamm gelehnt. Auch sie sprach kein Wort. Sie spürte den Wind, wie er über ihr Gesicht strich. Der Himmel trug ein zartblaues Kleid, und genau ein solches Kleid hatte er getragen, als ihr Glück zerrann. Es war ein Vorfrühlingstag gewesen, doch der Himmel wie jetzt. Die Jahre waren über die Gipfel davongezogen, und im Dorf erzählte man sich jetzt, dass Markus Egger mit seinem Studium fertig sei und wohl bald Primiz feiern werde. Und diese Feier würde hier in der hiesigen Kirche stattfinden.

Anna schauerte zusammen, wenn sie daran dachte. Waren sie denn damals wirklich noch Kinder gewesen, so wie Markus gesagt hatte? Aber er hatte gewusst, wie man küsste und wie man Liebesworte sagte! Er hatte davon gesprochen, für immer zusammen zu bleiben, und er hatte von Liebe geredet. Nein, er war kein Kind mehr gewesen!

Anna legte das Brot, von dem sie gegessen hatte, wieder in den Korb zurück. Sie hatte keinen Appetit. Sie war jetzt immer so schnell satt. Wenn sie zu Hause in den Spiegel sah, wusste sie, dass sie schmaler geworden war. Vielleicht wurde sie immer weniger und würde eines Tages einfach vergehen. Sie wünschte es sich sogar. Was sollte sie auch noch auf dieser Welt, wenn Markus nicht mehr zu ihr gehörte? Gott hatte ihn ihr weggenommen! Ja, das hatte Er getan!

Sie starrte über die Wiesen hinweg zu den jenseitigen Wäldern hinüber. Das Leben war nur wie ein Traum, ein schöner, ein bitterer, ein schmerzlicher Traum – und gemessen an der Ewigkeit nur ein Hauch. Als sie sich wieder erhoben, um erneut an die Arbeit zu gehen, schwankte Anna ein wenig. Ein Schwindel hatte sie erfasst, aber es war gleich wieder vorüber.

Auch der Haberer hing seinen Gedanken nach. Zurzeit war auch er tief betrübt, und er dachte oft darüber nach, was dieses Leben ihm noch bieten konnte. Seine Frau war schwer krank, doch den Gedanken, die Ehe auflösen zu lassen, hatte er wieder aufgegeben. Es war wohl auch mehr ein Hirngespinst von ihm gewesen. Er wusste jetzt, dass er Lisbeth nicht einfach wie einen Hund davonjagen konnte.

Sophie war noch immer Kellnerin im »Schimmel«. Sie hatte noch keinen gefunden, der ihr gefiel und den sie heiraten konnte. So war das Wirtshaus ihr Leben, und ihn, den Haberer, zog es immer wieder zu ihr hin. Sie hatte ihn verzaubert, und er wusste, dass er ihren

Anblick nicht mehr missen wollte. So hockte er eben, so oft es ging und oft auch, wenn es eigentlich nicht ging, in der Gaststube und trank. Das kostete Geld, und so viel übriges Geld hatte er auch wieder nicht. Aber oftmals war ihm alles gleich. Da konnten die Mädchen schimpfen, wie sie wollten. Es war ja nicht nur die Krankheit Lisbeths, die ihn bedrückte. Das andere lag ihm noch viel schwerer auf der Seele, schwerer, als er es manchmal selbst wahrhaben wollte.

Am Nachmittag warf er die Sense hin und ging davon. Für heute reichte es ihm! Sollten die Mädchen allein weitermachen. Er wartete darauf, dass zumindest Klara ihm eine Unfreundlichkeit nachrufen würde, und duckte sich unwillkürlich. Aber niemand sagte etwas. So versuchte er, so schnell wie möglich aus dem Bereich der Töchter zu kommen.

Der Haberer aber ging nicht ins Wirtshaus, wenigstens jetzt noch nicht. Er verlangsamte seinen Schritt, steckte die Hände tief in die Hosentaschen und stierte auf den Boden.

»Na, Haberer, bist für heut schon fertig?«, rief der Dobler zu ihm herüber.

»Ja!«, rief er zurück, schlug einen Haken und ging zur Straße hinüber. Was er dort wollte, das wusste er eigentlich selbst nicht. Er ging eine Weile die Straße entlang, während seine Gedanken bei Sophie weilten. Sie hatte sich an sein Werben gewöhnt, ließ aber keine Aufdringlichkeiten zu. Der Haberer wusste, dass die Leute schon über ihn redeten, das heißt, jetzt nicht einmal mehr so arg wie früher in der ersten Zeit, nachdem Sophie hierher gekommen war. Die Leute merkten, dass zwischen ihnen nichts war, und so hänselten die Männer vom

Stammtisch ihn hie und da, und er musste es einstecken, ob er wollte oder nicht.

Jäh blieb der Haberer jetzt stehen. Er war bei dem halbverfallenen Häusl der alten Weberin angelangt. Es stand an der Straße in einem tiefer gelegenen Wiesenstück. Von dem kleinen, niedrigen Zaun, der es einmal umgeben hatte, waren nur noch ein paar Pfosten, ein paar Querbretter und einige daran hängende Latten übrig geblieben. Viele Sonnenblumen schossen in die Höhe, und im kleinen Garten begannen die Blumen zu wuchern. Vom Häusl selbst war teilweise schon der Verputz abgefallen, und das Mauerwerk kam darunter zum Vorschein. Das Holz der Fensterläden und des winzigen Balkons, der sich vor der Dachkammer befand, war seiner Farbe entkleidet und schon sehr verwittert. Das Häusl machte wohl einen armen, doch keinen trostlosen Eindruck, denn es grünte und blühte ringsum. In den drei Apfelbäumen hockten Vögel und sangen laut.

Der Haberer stand noch eine Weile da. Dann setzte er sich wieder in Bewegung. Es zog ihn mit aller Macht zu dem kleinen Haus hinunter. Als er an den Apfelbäumen vorbeiging, flogen die Vögel davon.

Die alte Weberin hockte in der Küche. Sie hatte weißes Papier auf dem Tisch ausgebreitet, darauf eine Decke aus feiner Seide, an der sie stickte. Niemand im Dorf konnte solche Arbeiten so gut ausführen wie sie. Ihre Augen waren noch so gut wie in jungen Jahren.

»Ja, der Haberer!«, rief sie mit ihrer leisen, lispelnden Stimme aus. »Was willst denn du hier bei mir?«

»Ich ... ich bin nur so vorbeigekommen, und da hab ich mir gedacht, ich schau mal herein. Wir sind beim Mähen, und jetzt hat's mir g'langt.«

»Ja, ich muss meine Wiese auch noch machen, aber erst muss die Decke fertig werden. Am Samstag wird sie abgeholt.«

Der Haberer ließ sich auf einen Stuhl fallen. Er fühlte sich unbehaglich, und es reute ihn, dass er hereingekommen war.

»So eine Decke ist aber eine Heidenarbeit, und gezahlt wird sicher nicht allzu viel dafür.«

»Nein, nicht viel. Aber ich bin darauf angewiesen, sonst kann ich nicht leben. Es macht mir Freude, und das ist die Hauptsache.«

Die tausend feinen Falten auf ihrem gelblichen Gesicht begannen zu spielen, als sie lächelte.

»Weißt du, wenn die Decke fertig ist und ich sie mir so anschaue, dann denk ich mir allerhand aus. In einem feinen Haus wird sie irgendwo auf einem polierten Mahagonitisch liegen, und eine kristallene Vase mit schönen Blumen darin wird draufstehen oder vielleicht eine Schale aus echtem Silber oder aus Kobaltglas. Und die feinen Besucher werden am Tisch stehen und meine Decke bewundern. Sie wissen nix von mir, und ich weiß nix von ihnen, und doch sind wir irgendwie verbunden durch die Decke. Dann wieder denke ich mir aus, dass eine wunderschöne Braut sie bekommt und dass die ersten Tränen darauf fallen werden, wenn der Mann sie betrügt.«

»Du lieber Gott!«, stieß der Haberer hervor. »Du hast aber eine blühende Fantasie!«

»Die kommt einem von selbst, weißt, wenn man stundenlang und halbe Nächte hier hockt und stickt, dann geht einem viel durch den Kopf. Wenn ich nur so den Träumen nachhänge, dann ist das nicht schlimm. Aber wenn ich an meinen Mann denk, dann ist es viel ärger.«

Die Vögel waren wieder in die Apfelbäume zurückgekehrt und begannen erneut zu singen.

»Weißt du, es ist eine schlimme Zeit für uns gewesen, als man den Jakob als Mörder verdächtigt und in die Untersuchungshaft geschickt hat. Aber noch schlimmer ist's gewesen, als er wieder daheim war.«

Die Nadel fuhr eifrig durch den feinen Seidenstoff.

»Alle haben sie ihn für den Mörder angeschaut! Nicht einer ist da gewesen, der zu ihm gehalten hätte! Das war eine Zeit – ich möchte sie nicht noch einmal erleben müssen!«

Der Haberer rutschte unruhig auf seinem Stuhl hin und her. Welcher Teufel hatte ihn ausgerechnet in dieses Haus geführt?

»Niemand wollte ihm mehr Arbeit geben! Wir sind buchstäblich vor dem Nichts gestanden. Es war einfach schrecklich, Bauer! Und der, der den Hausierer umgebracht hat, läuft noch immer frei herum und lacht sich sicher ins Fäustchen. Aber eines Tages, dessen bin ich gewiss, wird ihn die Gerechtigkeit Gottes ereilen, wenn ihn die auf unserer Erde nimmer erwischt! Daran glaub ich fest.«

Eine kurze Weile nur ruhte die Nadel, dann fuhr sie wieder eifrig durch die Seide.

»Und als der Jakob gestorben ist, da hab ich gewusst, dass das aus Gram geschehen ist. So eine richtige Krankheit hat er doch gar nicht gehabt. Er ist einfach dahingesiecht. Das Lachen hat er verlernt, und gesprochen hat er auch kaum mehr was, nicht einmal mit mir. Ganz verschlossen hat er sich, und manchmal, Haberer, manchmal hab ich wirklich geglaubt, jetzt wird er verrückt.«

Die Weberin ließ die Nadel im Stoff stecken und holte aus den Falten ihres Gewandes ein Taschentuch, mit dem sie sich die Nässe aus den Augen wischte.

»Auf dem Sterbebett, da hat er zu mir gesagt: ›Agnes, ich bin's nicht gewesen, ich bin's nicht gewesen!‹ Er hat es ein paar Mal hinausgeschrien. ›Und du, du hast doch an meine Unschuld geglaubt?‹, hat er mich dann gefragt. ›Ja, Jakob‹, hab ich mit gutem Gewissen sagen können, ›ich weiß, dass du nie so was tun könntest. Dafür bist du ein viel zu guter Mensch.‹«

Jetzt liefen der alten Weberin die Tränen über die runzligen Wangen.

»›Nun muss ich sterben, Agnes‹, hat er dann zu mir gesagt, ›und für die Leute bin ich noch immer der Mörder. Mir macht's ja jetzt nix mehr aus, denn dort, wo ich jetzt hinkomme, dort weiß man, dass ich's nicht gewesen bin. Aber wegen dir ist's mir. Du wirst für etwas, das ich gar nicht getan hab, ein Leben lang büßen müssen, wenn sie den Richtigen nicht finden. Verzeih mir, Agnes‹, hat er dann noch gesagt, ›verzeih mir, Agnes, dass ich dich in so was hineingezogen hab!‹ Stell dir vor, Haberer, das hat er noch zu mir gesagt, obwohl er doch genauso unschuldig an allem war, wie ich es bin.«

Sie verhüllte ihr Gesicht mit dem Taschentuch und schluchzte. Ihre Schultern zuckten. Draußen in den Apfelbäumen sangen die Vögel.

Dominik Haberer lief es heiß und kalt über den Rücken. Er spürte sein Herz bis in die Schläfen hinauf pochen. Am liebsten wäre er aufgestanden und davongelaufen. Aber er konnte das jetzt unmöglich tun. Es wäre aufgefallen.

Als die Weberin ihr Gesicht wieder hob, hatte es rote

Flecken und war verquollen. Und dem Haberer war es, als hätte Gott ihn ins Fegefeuer geschickt.

»Wär mein Mann der gewesen, den man umgebracht hat, hätt ich das Mitgefühl des ganzen Tales auf meiner Seite gehabt. Glaubst, dieser Tod wär für mich nicht so schwer zu tragen gewesen wie das, was wir seit damals mitgemacht haben.«

Sie schwieg und starrte eine Weile vor sich hin, während sich der Haberer weiß Gott wohin wünschte.

Dann sprang die Weberin plötzlich auf.

»Ich bin schon eine!«, schimpfte sie mit sich selbst. »Da kommst du zu Besuch zu mir in mein armseliges Häusl, und ich biete dir nicht einmal was an. Es kommt ja die ganze Zeit nie jemand zu mir.«

Sie holte ein Glas und eine Flasche aus dem Küchenkasten. »Es ist Holunderlikör. Ich hab ihn selbst gemacht.«

Sie schenkte ihm ein Glas voll, und um sie nicht vor den Kopf zu stoßen, trank er es aus, obwohl er sich aus solchen Getränken nichts machte. Aber er wurde angenehm enttäuscht. Es war beileibe kein »Altweiberlikör«, wie er ihn sich vorgestellt hatte.

»Donnerwetter, der ist gar nicht schlecht!«, lobte er. »Ganz schön stark!«

»Den hab ich auch hundertprozentig gemacht, mit Weingeist, verstehst?«

Sie schenkte ihm gleich ein zweites Glas voll, und das dritte nahm er sich selbst, während die Weberin schon wieder eifrig zu sticken begonnen hatte. Und der Haberer vergaß, dass er das Häusl schnell hatte wieder verlassen wollen. Er trank ein Glas nach dem anderen, bis die Welt für ihn wieder ein rosigeres Gesicht hatte.

»Wie geht's denn deinen Töchtern?«, fragte die Weberin jetzt. »Die Lena ist doch, so wie ich einmal gehört hab, mit dem Wiesböck Ulrich gegangen, der dann die Gruber Fanny genommen hat. Wie hat sie's denn verwunden?«

Auf der Stirn des Bauern erschien eine steile Falte.

»Ich weiß nicht. Sie redet nicht darüber.«

»Das hätte ich dem Wiesböck Ulrich nie zugetraut, dass er ein Mädl sitzen lässt und eine andere nimmt. Weißt, das ist schon allerhand. Mir tut deine Lena wirklich Leid. Und von der Anna sagt man doch auch, dass sie früher viel mit dem Egger Markus zusammen war.«

»Das hat gar nix zu sagen«, wehrte der Haberer mit einer schnellen Handbewegung ab. »Er ist ja noch in die Schule gegangen, und Anna war ein blutjunges Ding.«

»Da magst Recht haben«, pflichtete ihm die Weberin bei. »Bald wird er zum Priester geweiht, und vielleicht wird er sogar eines Tages hier bei uns Pfarrer. Da wär seine Mutter aber stolz!«

Der Haberer nickte und schenkte sich wieder ein Glas voll. Er spürte, wie der Likör langsam zu wirken begann. Ein ganz heimtückisches Zeug war das, stark wie ein Zwetschgenwasser oder Enzian.

»Und was macht eigentlich die Klara?«, fragte die Weberin weiter. »Hat sich noch kein Mann für sie gefunden?«

»Ich glaub, die will keinen von hier.«

»Keinen von hier? Was will sie denn dann?«

Der Bauer zuckte mit den Schultern. »Sie ist ein bissl eigenartig, die Klara.«

Der Haberer spürte, dass ihm der Likör in den Kopf gestiegen war und ihn seltsam schwindlig machte, so, wie er es beim Rotwein oder Bier gar nicht kannte. Er erhob sich jäh und taumelte ein bisschen dabei.

»Ich muss wieder gehen, Weberin«, sagte er.

Die alte Frau streckte ihm die Hand hin. »Ich dank dir schön für deinen Besuch, Bauer. Es hat mich arg gefreut, und es wär schön, wenn du wieder einmal bei mir hereinschauen würdest.«

Fast fluchtartig verließ er jetzt das kleine Haus. Draußen in der frischen Luft erfasste ihn ein jäher Schwindel. Er stellte sich breitbeinig an die Straße und überlegte, was er jetzt tun sollte. Dieser Holunderlikör hatte es wirklich in sich gehabt! Die Weberin verstand sich aber auch wirklich gut darauf!

Der Haberer konnte wohl noch gerade gehen, aber eine gewisse Unsicherheit spürte er schon in den Beinen. Er machte kehrt und ging in Richtung des Dorfes zurück. Jetzt ärgerte es ihn, dass er in das Häusl hineingegangen war. Wozu die alten Dinge wieder aufrühren? Was hatte es für einen Sinn? Was geschehen war, war geschehen! Er versuchte sich selbst zu beschwichtigen, wusste aber zugleich, dass das, was in seinem Inneren brannte, ihn nie zur Ruhe kommen lassen würde. Der dunkle Schatten ging immer neben ihm her, auch wenn keine Sonne schien. Er verließ ihn nie.

Sein Weg führte ihn jetzt direkt zum Wirtshaus. Er ließ sich schwer auf einen Stuhl fallen und starrte stumm vor sich hin. Und als Sophie vor ihm stand und nach seinen Wünschen fragte, schaute er nicht einmal auf.

»Einen Roten!«, sagte er nur.

»Ist was passiert, Bauer?«, fragte die Kellnerin, als sie Krug und Glas vor ihn hinstellte.

»Was sollt denn passiert sein?«, sagte er mürrisch.

»Du bist heut so komisch.«

»Dann lass mich nur komisch sein. Dazu hat der Mensch eben auch mal das Bedürfnis!«

Die Sophie war baff. So hatte sie den Haberer noch nie reden gehört.

»Verzieh dich!«, sagte er jetzt und machte eine unmissverständliche Handbewegung. Der Haberer hockte den ganzen Abend am Tisch und redete kein Wort. Er stierte nur mit immer glasiger werdenden Augen vor sich hin. Um Mitternacht warf er Geld auf den Tisch und ging schwankend hinaus.

Irgendwo am Himmel hing der schräge Sichelmond, doch er nahm ihn kaum wahr. Ein Hauch von Licht lag über dem nächtlichen Tal. Der Haberer schwankte davon, und der Wind geisterte vor ihm her.

Was war das eigentlich noch für ein Leben? Die Lisbeth war nicht mehr richtig im Kopf und dämmerte in der Anstalt vor sich hin. Er hatte keine Frau mehr, und Sophie konnte er nicht bekommen. Mit den drei Mädchen war auch nichts in Ordnung, und der Schatten und der dumpfe Druck auf der Brust – sie waren immer da.

Der Haberer hatte es nicht gewollt, aber wieder einmal führte ihn der Weg zum alten, verwitterten Marterl. Es war immer nur dann, wenn er einen Rausch hatte, wenn er seine Beine nicht mehr so genau zu dirigieren vermochte. Der kleine Wald stand wie eine schwarze Wand. Alles war dunkel und das Marterl kaum zu sehen. Und doch spürte er, wie es ihn fast magisch anzog. Breitbeinig stand er dann am Wegrand und starrte dorthin, wo einst der Hausierer gelegen hatte.

»Nein!«, schrie er plötzlich auf. »Nein! Ich hab's doch nicht gewollt! Das weißt du doch!«

Aus der Dunkelheit und dem Hauch von Licht, das der Sichelmond verbreitete, schien das Gesicht des Hausierers zu schweben.

»Geh weg!«, schrie der Haberer jetzt. »Geh weg, ich will dich nicht sehen!« Abwehrend hob er beide Hände hoch und streckte sie von sich. Aber das Gesicht blieb. Bleich schien es über der Wiese zu schweben. Und es sah genauso aus, wie es damals ausgesehen hatte.

»Nein, nein!« Der Haberer lief, was er laufen konnte. Es war ihm, als renne der Teufel hinter ihm her und wollte ihn einholen.

»Fort mit dem Gesicht, fort!«

Er stolperte und rannte, und schließlich fiel er mit seinem ganzen Körpergewicht gegen die Haustür seines Hofes. Er zog den Kopf ein, als wäre der Hausierer hinter ihm und würde nach ihm greifen. Er spürte das Holz der Tür an seinem Gesicht. Es roch nach Staub.

Die Mädchen waren vom lauten Gepolter wach geworden. Sie kamen nach unten gelaufen und rissen die Haustür auf. Auf das war der Haberer nicht gefasst, und so fiel er ihnen direkt in die Arme.

»Vater!«

Er rappelte sich auf und stieß die Mädchen weg. Als er ihre verstörten Gesichter über den faltigen, leinenen Hemden sah, fand er das so komisch, dass er zu lachen begann. Er stemmte die Arme in die Hüften und bog sich vor Lachen. Aber wie abgeschnitten hörte er auch gleich wieder damit auf, und sein Gesicht wurde böse.

»Fort mit euch!«, rief er. »Fort mit euch!« Er stampfte mit den Füßen auf und scheuchte sie mit den Armen weg. Als sie die Stiege hinaufliefen, lachte er wieder. Er lachte noch lange hinter ihnen her. Dann polterte er in die Küche, suchte sich etwas Essbares und hockte sich an den Tisch.

»Lisbeth«, redete er dann vor sich hin, »das war nicht schön von dir, was du gemacht hast. Wirklich, das war nicht schön von dir.«

Er schnitt Brot und Wurst mit dem Taschenmesser und steckte die Brocken in den Mund. Aber es schmeckte ihm nicht. Er schob alles beiseite und ließ es so stehen. Er stolperte aus der Küche und vergaß das Licht zu löschen. Im Treppenhaus war es finster. Er hangelte sich am Stiegengeländer hoch und verschwand in der Schlafstube. Das Bett krachte unter ihm, als er sich in seinen Kleidern darauf fallen ließ.

Ja, was war das noch für ein Leben! Die Lisbeth in der Anstalt, die Sophie konnte er nicht bekommen, und der Schatten, der Schatten war immer da. Er lag mit offenen Augen und starrte gegen das Fenster. Der Mond war nicht zu sehen. Hinter den Scheiben stand die Dunkelheit.

Es dauerte aber nicht lange, und dem Haberer fielen die Augen zu. So, wie er war, in Kleidern und Schuhen, schlief er ein. Durch seine Träume geisterten die Gesichter Lisbeths und Sophies, und irgendwo sah er einen Mond, der rund und blutig rot war.

Mit Stürmen und Regen kam der Herbst. Unter dem Nass färbten sich die Blätter, und frühzeitig pflückte sie der Wind. Das ganze Dorf wusste schon, dass Ulrich Wiesböcks Frau vorzeitig in die Wehen gekommen war. Auch Lena hatte es im Kramerladen erfahren. Den Bruchteil einer Sekunde hatte sie den Wunsch, dass das Kind nicht am Leben bleiben sollte. Aber dann schämte sie sich ihres Gedankens. Nein, sie durfte niemandem den Tod wünschen, am allerwenigsten einem unschuldigen Kind!

Am nächsten Tag verbreitete sich wie ein Lauffeuer die Nachricht, dass das Kind tot zur Welt gekommen und die Fanny bei der Geburt gestorben war, wahrscheinlich an einer Lungenembolie.

Es dauerte nicht lange, und sie erfuhren es auch auf dem Hof an der Lehn. Lena traf es wie ein Schlag. Die Frau, die es ihnen erzählt hatte, war wieder gegangen, und Anna war gerade dabei, das Essen vorzubereiten. Lena starrte sie voller Entsetzen an.

»Gestern«, stammelte sie, »als ich beim Kramer war und erfahren hab, dass die Fanny vorzeitig in die Wehen gekommen ist und eine schwere Geburt hat, hab ich eine halbe Sekunde lang gewünscht, dass das Kind nicht am Leben bleiben soll. Nun ist es wirklich tot.« Lena weinte laut auf und schlug die Hände vors Gesicht. »Und die Fanny dazu!«

Anna trat zur Schwester und legte ihre Hand auf deren Arm. Wenn nicht alles so traurig gewesen wäre, hätte man lachen können: Sie mussten sich immer gegenseitig trösten!

»Aber Lena, das hat doch mit dem, was du da ganz kurz gedacht hast, nix zu tun!«

»Aber ich hab's gedacht, und ich schäme mich jetzt deswegen, und es reut mich so viel!«

Auf Annas Stirn entstand eine Falte. »Beschwer dich nicht auch noch damit«, sagte sie. »Hast doch so schon schwer genug zu tragen.«

Lena ließ sich am Tisch auf einen Stuhl fallen. Sie weinte noch immer.

»Es ist schon schrecklich! Das Kind tot und die Mutter auch tot! Der arme Ulrich! Es wird trotz allem ein schwerer Schlag für ihn sein.«

»Sicher«, sagte Anna.

Und es war auch schlimm für Ulrich Wiesböck. Man sah es ihm bei der Beerdigung auf dem Kirchhof an. Wenn er seine Frau auch nie geliebt hatte, so hatte er sich doch auf das Kind gefreut und von dessen Dasein den Frieden für sein Herz erhofft.

Unter dem Heulen eines kalten Herbststurmes trug man Fanny und das Kind zu Grabe. Die Frauen hatten sich in ihre schwarzen Schultertücher gewickelt und stemmten sich gegen den Wind, als sie heimwärts gingen. Blätter wirbelten durch die Luft und fielen in die Pfützen, deren Oberfläche von winzigen Wellen gekräuselt war.

Im Eingang zum »Schimmel« stießen Dominik Haberer und der Wiesböck aufeinander.

»Nun«, sagte der Haberer, »jetzt hat sich wohl alles erledigt, ha?«

»Es hat sich erledigt, aber vor deinem Gewissen sicher nicht.«

»Weißt du was, Wiesböck«, sagte Dominik Haberer dann und packte den Wiesböck plötzlich an den Rockaufschlägen, »du bist ein Lump! Du weißt ganz genau, dass wir damals jung und dumm waren, als wir den Hausierer überfallen und erschrecken wollten, und dass du genauso dran beteiligt warst wie ich. Ich war größer und stärker als du, und auf dein Geheiß hin hab ich alles getan. Wir wollten ihm ja nur einen gehörigen Schrecken einjagen, und als er dann zu schreien anfangen hat, hab ich ihm den Hals zugedrückt, dass niemand das

Schreien hört. Und da ist er mir unter den Händen gestorben!« Er rüttelte den Wiesböck hin und her. »Das wollten wir doch nicht, oder?«

»Nein, das wollten wir nicht«, stammelte Anton Wiesböck unter dem harten Griff.

Der Haberer ließ ihn mit einem Ruck los. »Jetzt hast du's richtig gesagt, wir wollten es nicht! Du aber hast deinem Ulrich bestimmt alles so hingestellt, als ob ich der Alleinschuldige gewesen wäre, sonst hätte er die Fanny nicht zur Frau genommen! Aber alles ist vorbei, verstehst du, das von damals und das von jetzt!« Seine Augen glitzerten so hell wie Wasser. »Mit meinem Gewissen muss ich selber fertig werden. Aber nicht nur ich hab eins, sondern auch du, Wiesböck!«

Er ließ ihn stehen und ging in die Gaststube, wo alle anderen schon versammelt waren. Er bestellte einen Roten, und dann trank er bis in die tiefe Nacht hinein.

Auch Lena und Ulrich trafen draußen vor dem Kirchhoftor zusammen. Die Leute strömten an ihnen vorüber.

»Es tut mir furchtbar Leid, Ulrich.« Sie reichte ihm die Hand.

»Ich glaub's dir, Lena.«

Sie sah wieder einmal seine Augen ganz aus der Nähe, die sie so lange nicht mehr gesehen hatte. Ein paar Herzschläge lang standen sie stumm voreinander, dann gingen sie in verschiedenen Richtungen davon. Aber von seinen Augen war ein heller Schein in die Düsternis ihres Herzens gefallen.

Schnell deckte der Winter mit seinem tiefen Schnee die Kränze auf dem Grab Fanny Wiesböcks zu. Der Gruber stapfte oft hinaus und zündete ein Kerzlein an. Auch für ihn war die Welt leer geworden. Ja, das Schicksal hauste in dem kleinen Gebirgsdorf wie ein schwerer Regensturm im Getreidefeld. Viele Halme wurden niedergewalzt, und nur wenige blieben verschont.

Im Frühjahr aber gab es den größten Höhepunkt für das Dorf: Markus Egger feierte seine Primiz! Schon Tage vorher hatten die Schulkinder die Kirche mit Blumen und Grün geschmückt, und als die große Stunde für Markus Egger kam, waren alle Dorfbewohner auf den Beinen. Auch von den umliegenden Dörfern kamen Fuhrwerke angefahren und brachten die Leute mit.

In Anna Haberers Leben aber war es der traurigste Tag. Sie hatte zuerst fortgehen wollen, irgendwohin, vielleicht auf die Alm hinauf. Aber dann brachte sie es doch nicht fertig. Als das Geläut der Glocken über das Tal tönte, machte auch sie sich auf den Weg zur Kirche.

Dann sah sie Markus, sah ihn mit den gold- und silberdurchwirkten Messgewändern, atmete den Duft des Weihrauchs und der Kerzen und spürte das Unabwendbare. Unwiederbringlich verloren war ihr Markus nun. Und sie legte das Gesicht in die Hände und weinte. Es fiel nicht weiter auf, denn andere weinten auch, und das Schluchzen der Egger-Mutter hörte man über viele Bänke hinweg.

Die Tränen liefen durch Annas Finger und tropften nieder. Und als sie wieder aufblickte und den Priester vorn am Altar sah, wusste sie, dass alles, was gewesen war, dass Glück und Liebe nur ein Traum waren – der Traum eines kleinen, törichten Mädchenherzens. Aber alle die schönen Tage des Sommers und Vorfrühlings, die Abende und Mondnächte, in denen sie beisammen gewesen waren, zogen noch einmal an ihrem geistigen Auge vorüber. Es war ihr, als spürte sie Markus' zärtliche Hände auf ihrem Haar, als spürte sie die Lippen auf den ihren, als sähe sie seine dunklen, glänzenden Augen und den Ausdruck von Liebe darin. Wo war diese Liebe hingegangen? Aber es hatte sie wohl nie gegeben.

Anna merkte nicht einmal, dass die Feier schon vorüber war, dass die Leute die Kirche verließen. Sie kniete versunken in der Bank, mit nassem Gesicht und zitternden Händen. Und da war plötzlich die Stimme des alten Pfarrers neben ihr: »Willst du nicht auch zur Feier ins Gasthaus gehen, Anna?«

Sie blickte in sein Gesicht und schüttelte den Kopf.

»Wir sind einmal zusammen gewesen, der Markus und ich. Ich weiß nicht, ob Sie's wissen, Hochwürden. Er hat mir einmal gesagt, dass er mich liebt und dass wir für immer beisammen bleiben. Er hat mich verraten.«

»Ich weiß das alles, Anna. Er hat's mir erzählt. Aber er ist nur dem Ruf seines Herzens gefolgt, als er sich für den Beruf eines Geistlichen entschloss. Niemand, aber auch gar niemand hat ihm etwas vorgeredet. Es war sein eigener Entschluss, Anna.«

Die Luft in der Kirche war kühl. Es roch noch immer nach Weihrauch, nach welkenden Blumen und verbranntem Wachs.

»Der Weg war ihm vorgezeichnet. Es war schon immer in ihm.« Die Stimme des alten Pfarrers klang leise und mild.

Annas Gesicht verdüsterte sich, und dunkel wurde das Blau ihrer Augen.

»Und warum hat er mich in seine Arme genommen, hat mich geküsst, hat mit mir von Liebe und vom gemeinsamen Leben gesprochen? Hätte er das tun dürfen?«, sagte sie heftig, und jäh wandte sie den Kopf ab. »Sie können's nicht ermessen, Hochwürden, was er mir angetan hat.«

»Ihr wart beide noch sehr, sehr jung, Anna, und damals hat er noch nicht genau gewusst, welchen Weg er gehen würde. Er …«

Anna erhob sich. Sie stand steif da.

»Sie reden dasselbe wie er, Hochwürden. Aber mein Herz kann es nicht begreifen, nie!«

Sie ging an dem Pfarrer vorbei und verließ die Kirche. Sie lief den Weg nach Hause und ging an ihre Arbeit. Es war viel nachzuholen.

Der Haberer war noch nicht ins Wirtshaus gegangen. Er arbeitete an diesem Tag fest mit. Aber bei der Abendsuppe war er schon nicht mehr da. So saßen die drei Mädchen allein am Tisch.

»Der Markus!«, unterbrach Klara das Schweigen. »Wer hätte das von ihm gedacht! Nun ist er ein Pfarrer!«

»Red nicht davon!«, fuhr Anna auf. »Ich kann's nicht hören.«

»Sei still!«, meinte auch Lena. So redeten sie eine Zeit lang von diesem und jenem, obwohl ihre Gedanken alle bei der heutigen Primiz waren. Später räumte Anna das Geschirr weg und spülte es mit Lena ab. Klara verschwand mit einem alten Buch unter dem Arm irgendwohin.

Lena und Anna setzten sich auf die Hausbank und strickten an ihren Winterstrümpfen. Aber diesmal hielt es Anna nicht lange. Sie wollte allein sein. Sie konnte an diesem Tag die Gesellschaft anderer Leute nicht ertragen, auch die der Schwester nicht.

Während sie langsam davonging, dachte sie an Markus, der wohl noch immer mit den anderen feierte.

In den Bauerngärten verblühten die letzten Spättulpen. In einem Holunderbusch hockte eine Amsel und flötete. Die Sonne stand über dem Wieskoglgrat und ließ die Lofarerwand purpurn erglühen. Es war, wie immer, ein herrliches Schauspiel. Anna blieb stehen und starrte auf den Berg.

Die Sonne ging unter! Für sie, Anna, war die Sonne längst untergegangen, untergegangen, ohne purpurne Träume zu verschwenden. Sie war untergegangen und hatte eine Nacht zurückgelassen, die kein Ende nahm.

Anna hatte sich noch nicht wieder in Bewegung gesetzt, als sie Markus kommen sah. Wieder durchfuhr sie ein jäher, kalter Schmerz. Sie stand starr und blickte ihm entgegen, als käme ein Unheil auf sie zu, dem sie nicht mehr zu entrinnen vermochte.

»Grüß Gott, Anna«, sagte er, als er näher gekommen war. »Ich wollte gerade zu dir auf den Hof.«

»Den Gang kannst du dir sparen. Ich wüsste nicht, was wir noch miteinander zu reden hätten.«

Da stand er vor ihr, so nah und doch durch Welten getrennt! Die schwarze Soutane mit den vielen Knöpfen kleidete ihn gut. In seinen dunklen Augen lag Nachsicht. Oh, wie sie diesen Ausdruck hasste! Er war nichts sagend und für jeden Menschen bestimmt, der ihm, dem Priester, mit störrischen Worten kam.

Die Amsel hinten im Holunderbusch hatte aufgehört zu singen. Die Sonne sank hinter dem Grat hinab. Anna wollte an Markus vorbei. Da hielt er sie am Arm fest.

»Gibt es nicht endlich Versöhnung zwischen uns? Wir können doch nicht ewig so leben!«

»Meinst du?« Ihre Augen blickten düster. »Ich bin einmal jung gewesen, ganz jung, und hab einen Menschen geliebt mit der letzten Faser meines Herzens. Und dieser Mensch hat sich für immer davongeschlichen wie ein Dieb in der Nacht, hat die Liebe verraten, und ich bin jetzt wie eine alte Frau, leer, ausgebrannt und ohne Hoffnung. Und das hat er aus mir gemacht. Wie sollte ich da je verzeihen können?«

»Du musst es«, sagte er eindringlich. »Auch Gott verzeiht selbst dem größten Sünder.«

»Ich bin nicht Gott, ich bin nur ein kleiner Mensch.« Sie wandte sich ab und ging davon, das Herz zerrissen, die Brust dumpf und schwer.

»Anna!«, hörte sie ihn noch einmal rufen. Aber was hätte es für einen Sinn gehabt, zurückzukehren? Es änderte ja nichts.

Die Sonne war hinter dem Wieskogl verschwunden. Anna begann zu laufen. Sie wollte so schnell wie möglich der Nähe Markus' entfliehen. Und wieder ging sie alle die Wege, die sie einst mit ihm gegangen war. Wie oft würde sie diese in Zukunft wohl noch gehen? Aber die Süße war vergangen, allein Bitternis und Sehnsucht blieben zurück. Anna hörte die kleinen Wellen des Sees ans Ufer plätschern, sah den Sichelmond hinter dem Gipfel aufgehen und hörte den Wind singen, wie er schon damals gesungen hatte.

Es war schon lange Nacht, als sie wieder heimkam, und in keiner Stube brannte mehr ein Licht.

Am nächsten Tag beim Morgenkaffee fehlte Klara.

»Dass die noch schläft, wär ja wirklich ein Wunder«, meinte der Haberer. Er hatte ein verquollenes Gesicht und schwere Augenlider.

»Ich schau mal nach ihr«, sagte Anna. Klara hatte schon immer allein in einer Kammer geschlafen. Sie hätten ja alle drei ihre Betten in einer der größten Stuben im Oberstock aufschlagen können, aber Klara hatte es nicht gewollt.

Als Anna jetzt die Kammer betrat, sah sie, dass das Bett überhaupt nicht berührt worden war. Eine Ahnung durchzuckte sie jäh. Ihre Augen irrten durch die Kammer, und da sah sie auch schon den Brief, den Klara geschrieben hatte. Er lehnte an der leeren Blumenvase, die auf dem kleinen Tisch unter dem Fenster stand.

Mit hastigen, zitternden Fingern entfaltete Anna den Bogen. Ihre Augen glitten über die Zeilen: »Meine Lieben! Ich gehe fort. In eine große Stadt. Ich halte es hier nimmer aus. Alles ist so öde und traurig, besonders seitdem Lena und Anna ihre Liebsten verloren haben. Und ich passe auch nicht hierher. Ich hab mich schon immer fortgesehnt. Fahrt mir nicht nach. Lasst mich bitte in Ruhe. Eines Tages werde ich von mir hören lassen. Lebt einstweilen wohl! Eure Klara.«

Die kurzen abgehackten Sätze waren wie ein scharfes Messer. Anna schluckte. Ihr erster Gedanke war die Mutter in der Anstalt. Wenn sie davon erfuhr, dass Klara fortgegangen war, würde es ihr das Herz abdrücken.

Anna lief in die Küche hinunter und warf den Brief auf den Tisch.

»Klara ist fort«, rief sie, »für immer fort!«

Der Haberer blickte verständnislos. Er schien die Worte seiner Tochter gar nicht begriffen zu haben. Lena war blass geworden und griff nach dem Brief. Mit hastigen Worten las sie ihn vor. Jetzt endlich verstand der Haberer, worum es ging.

»Herrschaftszeiten!« Seine Faust sauste auf die Tischplatte nieder, dass die kleinen Schüsseln klirrten. »Jetzt hat sie uns schön im Stich gelassen! Nun können wir das ganze Heu alleine machen! So ein Frauenzimmer, so ein elendiges! In die Stadt muss sie! Aber wartet nur, es wird nicht lange dauern, dann kehrt sie reumütig zurück. So, wie sie es sich vorstellt, ist's in der Großstadt nicht. Und was kann sie dort schon machen? Einen Dienst annehmen bei einer Herrschaft! Da wird sie schauen, wie sie herumkommandiert wird, und ihre Illusionen werden vergehen wie der Schnee an der Sonne! Und hart wird sie arbeiten müssen.«

»Hier hat sie auch hart arbeiten müssen«, wandte Lena ein.

»Ja«, erwiderte der Haberer, »das stimmt, aber hier war's ihr Eigenes. Dort muss sie für Fremde schuften.«

»Das ist wahr, Vater«, sagte Lena zustimmend.

Das Frühstück schmeckte ihnen an diesem Tag nicht, und sie standen auch nicht sofort nach dem Essen auf, wie sie es sonst taten, sondern blieben eine Weile sitzen. Bedrückendes Schweigen herrschte zwischen ihnen, bis sich endlich der Haberer erhob.

»Sie wird schon sehen, wie's ihr ergeht«, sagte er dann und versuchte seine hängenden Schultern zu straffen. Als er draußen war, standen auch die Mädchen auf.

Anna ging vor das Haus. Als sie zum Himmel hinaufsah, bemerkte sie eine breite, graue Wolkenwand, die von Westen her gezogen kam. Sie wusste, dass ihr Leben immer so bleiben würde, wie es jetzt war: Arbeit auf dem väterlichen Hof, keine Freude, kein Glück mehr und die ewig brennende Sehnsucht im Herzen nach etwas, das längst vergangen war.

Klara war längst entschlossen gewesen, den elterlichen Hof und das Dorf zu verlassen. Seltsamerweise gab die Primiz und die Tatsache, dass Anna ihren Markus nun wirklich für immer verloren hatte, ihrem Entschluss die letzte Festigkeit.

Als sie mit dem Buch unter dem Arm verschwand, wollte sie nur noch die Stunden bis zu ihrem heimlichen Fortgehen überbrücken.

Sie ging vor das Dorf hinaus, und, beschwingt von ihrem Entschluss, hatte sie sogar ein Auge für die Schönheiten des Tales. Die Sonne stand noch über dem Wieskogl, als sie zum Gipfel aufblickte. Das Grau der Lofarerwand würde bald in roter Glut leuchten. Ein leichter Wind fuhr in ihr dunkelblondes Haar und spielte damit. Sie stieg den Wiesenhang hinauf und setzte sich oben am Waldrand ins Gras. Sie las nicht, und das Buch hatte sie nur als Vorwand mitgenommen. In ihrer Erregung hätte sie auch nicht ruhig lesen können.

Klara dachte darüber nach, dass sie für ihre Flucht die Nacht abwarten musste und dass es nicht leicht werden würde. Zu dieser Zeit ging kein Omnibus mehr, und sie musste das Dorf zu Fuß verlassen. Mit dem Koffer würde sie nicht schnell gehen können. Autos oder Fuhrwerke würden ihr auch nicht mehr begegnen. Auf jeden Fall wollte sie jetzt endlich fort. Sie konnte das Leben in der Enge des elterlichen Hofes und des kleinen Dorfes nicht mehr ertragen. Jetzt noch weniger, da der Vater die meiste Zeit des Tages im Wirtshaus verbrachte. Sie konnte sich jetzt schon ausmalen, dass es eines Tages schlimm mit ihm enden würde. Wenn Lena und Anna nicht aufpassten, konnte vielleicht auch noch der Hof verloren gehen.

Die Sonne stand jetzt hart über der Gipfellinie des Wieskogl. Hoch oben im Blau schwebten Bergdohlen. Klara hörte das feine Singen des Windes über dem Gras und wie es im Wald in ein leises Rauschen überging. Aber nichts davon rührte ihr Herz an. Nichts war da, das sie von ihrem Entschluss, die Heimat zu verlassen, abgebracht hätte.

Aber als sie jetzt an die Mutter denken musste, wuchsen Schmerz und Mitleid in ihr. Was war das für ein Leben, das sie in der Anstalt hatte! Mein Gott, was für ein Leben! Klara wusste nicht, wie es gekommen war, aber plötzlich spürte sie ein Würgen in der Kehle, und die Tränen schossen ihr in die Augen. Sie schlug die Hände vors Gesicht. »Mutter!«

Es war nur ein ganz leises Flüstern, aber über Klara war eine brennende Sehnsucht gekommen, die Stimme der Mutter zu hören, das Streicheln ihrer Hände auf ihrem Haar zu spüren. Wie war sie von ihr immer getröstet worden als Kind, wenn sie hingefallen war und sich Beine und Arme zerschunden hatte! Lange war das her, sehr lange! Die Kindheit war dahin. Wie schnell würde auch die Jugend dahingehen. Es war an der Zeit, diese Jahre zu genießen. Und hier, in diesem elenden Gebirgsdorf, war das nicht möglich.

Klara trocknete ihre Tränen. Als sie zum Wieskogl hinaufblickte, war die Sonne dahinter verschwunden. Und drüben, linker Hand, leuchtete nun die Lofarerwand in purpurnem Feuer. Die Farbe des Himmels darüber war in ein tiefes, sattes Blau übergegangen. Dort aber, wo die Sonne verschwunden war, hatte der Himmel dicht über den Gipfeln einen Saum wie von hellgrüner, zarter Seide, durchsetzt von rötlichen Streifen.

Hinter sich im Wald hörte Klara das Bellen eines Hundes und dann die Stimmen zweier Männer. Es war Bertold Dobler, und er hatte den Knecht dabei, der auf dem väterlichen Hof mitarbeitete.

Klara rührte sich nicht. Aber Bertold musste sie erspäht haben, denn die Schritte verharrten, und Bertold wechselte ein paar schnelle Worte mit seinem Knecht. Dann kam er allein zu ihr her.

»Ich hab dich lang nimmer gesehen, Klara. Darf ich mich ein bissl neben dich setzen?«

»Ich kann's dir nicht verwehren.«

»Warum bist du immer so kurz angebunden zu mir? Bin ich dir so ekelhaft?«

Er hatte sich an ihrer Seite niedergelassen und schaute in ihr Gesicht. Klara wandte den Kopf.

»Soweit ich mich erinnern kann, hast du mich das schon früher einmal gefragt.«

»Das weißt du noch?«

Sie nickte.

»Das zeigt doch, dass du vielleicht manchmal an mich denkst.«

»Vielleicht«, sagte sie nur.

Der Hund, den der Knecht mitgenommen hatte, blieb mehrmals stehen und bellte zu seinem Herrn zurück. Aber Bertold Dobler rief ihn nicht.

»Einmal hast du auch zu mir gesagt, dass du eines Tages fortgehen würdest. Jetzt bist du aber immer noch da. Also gehst du nicht fort?«

»Doch. Einmal wird es so weit sein.«

Sie hielt das Buch in den Händen und krampfte die Finger darum. Das Dorf lag schon im Schatten, und langsam krochen sie über die Hänge und Wälder hinauf.

»Schau«, sagte sie plötzlich, »die Lofarerwand glüht noch immer, und es wird doch bald Nacht.«

»Ja, es ist immer wieder ein herrliches Schauspiel. Wie schön ist unser Tal, Klara! Nie im Leben könnte ich's verlassen. Ich glaub, ich würde da draußen in der Fremde eingehen. Ich wüsste gar nicht, was ich da tun sollte! Was blieb uns da auch übrig? Einen Handlanger machen auf einem Bau, wenn man überhaupt eine solche Arbeit bekommt, oder in eine Fabrik gehen! Brrr! Mich schüttelt's, wenn ich daran denke.«

»Ich bin eine Frau«, sagte Klara, »für mich gibt's schon andere Möglichkeiten.«

»Andere Möglichkeiten? Was meinst du damit?« Auf seinem Gesicht spiegelten sich Zorn und Angst. Er nahm Klara an den Armen, drehte sie zu sich her und starrte in ihr Gesicht. Und merkwürdigerweise wehrte sie sich nicht einmal. Sie wusste nicht, warum. Aber seine Teilnahme, seine Angst taten ihr plötzlich gut.

»Du meinst, ich würde unter die Räder kommen?« Jetzt lächelte sie ein wenig, und sie ahnte nicht einmal, wie sehr sie dieses Lächeln verschönte. »Keine Sorge, ich passe schon auf mich auf.«

Das ganze Tal war nun schon in Schatten getaucht, nur die Gipfel standen noch im Licht. Die Wälder begannen sich in blauviolette Schleier zu hüllen.

Bertold Dobler hielt sie noch immer an den Armen fest. Und dann auf einmal, sie wusste nicht, wie es geschehen war, lag sein Arm auf ihrer Schulter, und er zog sie ganz leicht an sich. So saßen sie und schauten der Nacht zu, wie sie ins Tal zog.

Klara war in einer nie gekannten weichen Stimmung. Nur weil sie wusste, dass sie in den nächsten Stunden das Dorf verlassen würde, ließ sie sich die schüchterne Zärtlichkeit Bertolds gefallen. Nein, eigentlich nicht nur deswegen. Er war ihr sympathisch, sehr sogar. Noch nie hatte sie dies so deutlich gespürt wie jetzt. Etwas ganz Zartes, Leises rührte an ihr Herz.

Bertold Dobler saß ganz starr da. Klara fühlte, dass er es nicht wagte, sich zu rühren, aus Sorge, dass sie sich ihm entziehen könnte.

»Eigentlich wär er doch wirklich der richtige Mann für mich«, dachte sie. Fleißig war er und gewissenhaft, kein Springinsfeld. Wenn sie heiraten würden, könnte er auf den Hof an der Lehn kommen, und das Doblerische Anwesen könnte der jüngere Bruder übernehmen. Alles würde wunderbar zueinander passen. Der Hof an der Lehn würde einen jungen Bauern bekommen, und Bertolds Bruder wäre glücklich. Aber Klara wäre nicht glücklich, sie wusste es. Die Sehnsucht nach der Welt da draußen war zu übermächtig in ihr, die Sehnsucht nach den großen Städten, nach dem pulsierenden Leben darin, den vielen Menschen, den Autos und Straßenbahnen. Die Sehnsucht nach einem schöneren Leben, nach mehr Geld.

Sie machte eine leichte Bewegung und lehnte jetzt ihren Kopf an seine Schulter. Sie spürte, wie er zusammenzuckte.

»Klara!«

»Psst!«, machte sie. »Red jetzt nicht.«

Sie spürte, dass ein Zittern durch seinen Körper ging.

»Schau«, sagte sie nach einer Weile des Schweigens mit ungewohnt sanfter Stimme, »jetzt verlöschen auch die Gipfel.«

»Ja, es wird Nacht.«

Und sie kam mit ihrem dunklen, samtenen Mantel, dem leise rauschenden Wind, und hüllte alles darin ein. Längst war der erste Stern am Himmel aufgezogen, und die anderen folgten nun nach.

»Klara, o Klara!« Bertold riss sie jäh an sich. Zuerst wollte sie sich wehren, wollte davonlaufen, aber es war, als hätte weiche Watte sie umhüllt. Sie ließ sich sinken, und da spürte sie die Küsse Bertolds auf ihrem Mund, auf ihrem Gesicht.

»O Klara, du ahnst gar nicht, wie gern ich dich hab'!«, flüsterte er zwischen den Küssen. »Es gibt im ganzen Tal kein anderes Mädchen für mich als dich! Und weil ich dich bis jetzt nicht hab bekommen können, bin ich ledig geblieben. Nur du kommst als Frau für mich in Frage. Aber jetzt wird alles gut, Klara, jetzt wird alles gut!« Er presste sie so sehr an sich, dass ihr fast die Luft wegblieb.

»Wir werden eine Hochzeit feiern, wie sie das Tal noch nicht gesehen hat!«, schwärmte er. »O, Klara, ich kann's noch gar nichts fassen, dass wir nun doch zueinander gefunden haben, das heißt natürlich, dass du zu mir gefunden hast!«

Er küsste und streichelte sie, und Klara ließ alles mit sich geschehen. Sie spürte eine sanfte Süße in ihrem Herzen, eine tiefe Ruhe und den Hauch einer Seligkeit, die sie nicht gekannt hatte. Der nächtliche Himmel war ein einziges Meer von glitzernden Sternen. Und hinter den Fenstern der Häuser brannten die Lichter, und wie Sterne wirkten auch die einzelnen erleuchteten Berghöfe, die verstreut auf den Höhen standen.

»Gleich morgen komm ich zu euch auf den Hof und rede mit deinem Vater.«

Klara schwieg und schaute in das Dunkel. Die Luft roch nach Gras, nach Wald und feuchter Erde.

Sollte sie sich fallen, sollte sie alles den Weg gehen lassen, den er vorzeichnete? Sollte sie ihre Sehnsucht nach der Welt, nach den tausend Dingen draußen, nach dem anderen Leben aufgeben? Nein, es wäre falsch, sie wusste es. Sie würde ewig mit dieser Sehnsucht im Herzen weiterleben müssen, würde keine Ruhe finden.

Ein kühler Hauch kam vom Wald her. Klara schauerte zusammen. Sie löste sich aus den Armen Bertolds.

»Ich muss heim«, sagte sie. Ihre Stimme hatte einen spröden Klang.

»Ist was?«, fragte Bertold erschrocken.

Sie schüttelte den Kopf.

Sie hielt ihr Buch zwischen beiden Händen, er legte seinen Arm um ihre Schultern, und so gingen sie den Hang hinab zu dem schmalen Fahrweg. Der Himmel war voll von Sternen, der Wind stärker geworden.

»Morgen komm ich zu euch«, wiederholte Bertold jetzt, »und später gehen wir wieder zu unserem Platz hinauf, ja?«

»Ja«, antwortete Klara, und sie wunderte sich, wie leicht ihr diese Lüge über die Lippen ging.

Vor dem Hof blieben sie stehen, und Bertold nahm sie in seine Arme.

»Leb wohl, Bertold«, sagte Klara.

»Leb wohl? Wer sagt denn so was! Gut Nacht, Klara! Morgen sehen wir uns wieder.«

Er küsste sie noch einmal und strich ihr über Wangen und Haar.

»Ich warte hier, bis du in deiner Kammer bist«, sagte er dann. Aber sie schüttelte den Kopf.

»Nein, geh nur. Ich möchte dir nachschauen.«

Im Dunkel konnte sie seinen verwunderten Blick nicht sehen. Doch er gehorchte. Sie aber stand und fühlte etwas Seltsames, als sie seine Gestalt schattenhaft im Dunkel verschwinden sah. Plötzlich war der Raum um sie herum leer, die Sterne ungeheuer weit oben. Nichts schien es zu geben als randlose Dunkelheit, und es war ihr, als stehe sie irgendwo zwischen Tür und Angel und wüsste nicht, ob sie vorwärts solle oder zurück.

Als Klara dann in ihrer Kammer war, legte sie sich nicht zu Bett. Sie setzte sich auf einen Stuhl und schaute eine Weile vor sich hin. Sie wollte sicher sein, dass die beiden Schwestern schliefen. Der Vater war ins Wirtshaus gegangen, und sie musste aus dem Haus sein, bevor er kam. Dann schaltete sie das Licht an und schrieb ein paar Zeilen auf ein Blatt Papier. Sie faltete es zusammen und lehnte es an die leere Blumenvase. Dann begann sie den alten Koffer zu packen, den sie schon vor einigen Tagen heimlich vom Dachboden heruntergeholt hatte. Ihre wenigen Habseligkeiten gingen leicht hinein. Aus der Schachtel in der untersten Kommodenschublade nahm sie das zusammengesparte Geld. Es war nicht viel, aber für die ersten Tage würde es schon reichen.

Klara hatte keine Angst vor dem Unbekannten, im Gegenteil. Es war ein Prickeln in ihr, ein neugieriges Erwarten. Es würde schön sein, plötzlich ganz frei sein zu können!

Sie horchte noch einmal, dann zog sie ihre Schuhe aus, nahm sie in die eine Hand und in die andere den Koffer und schlich sich lautlos aus dem Haus. Als sie ein paar Meter entfernt war, blieb sie stehen und schaute zurück. Der Hof war ein dunkles Etwas vor dem steil ansteigenden Hang der Lehn. Nichts war in Klara, das sie gewarnt, das sie vor dem Gang ins Ungewisse zurückgehalten hätte. Sie wandte sich ab und ging schnell davon. Als sie draußen auf der Straße war, atmete sie auf. Obwohl schon lange Schlafenszeit gewesen wäre, verspürte sie keine Müdigkeit. Sie lief am Rand der Straße, immer wieder in neue Dunkelheit hinein, von Zeit zu Zeit den Koffer von der einen Hand in die andere wechselnd.

Es gab fast keine Geräusche als das Hallen ihrer Schritte und das Rauschen des Windes. Und es gab keine Lichter, nur das der Sterne. Es war eine weite, tiefe Einsamkeit, die Klara jetzt umgab, denn das Dorf war längst hinter ihr verschwunden.

Natürlich kam um diese Zeit kein Wagen, der sie hätte mitnehmen können. So ging sie Stunde um Stunde, und als das erste graue Frühlicht über die Gipfel kam, war sie noch gar nicht weit vom heimatlichen Dorf entfernt. Daher ging sie noch eine Weile, dumpf vor Müdigkeit, mit brennenden Füßen. Dann wurde ihr klar, dass sie irgendwie schlafen musste. Sie konnte nicht den ganzen Tag verbringen, ohne geschlafen zu haben. So verschwand sie in einer Heuhütte, machte sich ein Lager zurecht und schlief schnell ein. Als sie wieder erwachte, war es Mittag. Sie fühlte sich gestärkt und voll neuem Mut. So gut es ihr möglich war, machte sich Klara zurecht und ging dann wieder zur Straße. Sie musste nicht lange warten, bis ein Lastwagen kam und sie mitnahm. Er fuhr direkt zur Kreisstadt. Sie atmete auf, als sie dort anlangten.

Der erste Weg führte Klara in ein Gasthaus, um den bohrenden Hunger zu stillen. Sie kaufte sich eine Suppe und aß zwei Stück Brot dazu. Dann fragte sie die Kellnerin, ob sie einstweilen den Koffer hier lassen dürfe, weil sie einen Besuch in der Nervenklinik machen müsse. Es wurde ihr gestattet, und so ging Klara den Weg vor die Stadt hinaus. Eine Wolkenwand war über den Himmel heraufgezogen und hatte das Sommerblau verschluckt. Die Luft war schwül. Der leichte Wind brachte keine Kühlung.

Bald danach saß sie der Mutter gegenüber. Die Bäuerin war alt und mager geworden. Die ganze Gestalt machte einen farblosen, grauen Eindruck.

»Wie geht's dir denn, Mutter? Schau, ich hab dir was mitgebracht.«

Sie hielt ihr eine Tafel Schokolade hin, die sie auf dem Weg erstanden hatte. Elisabeth Haberer griff danach und hielt sie dann mit beiden Händen fest. Ihre blicklosen Augen sahen an Klara vorbei.

»Mutter, magst die Schokolade nicht essen? Wenn du sie so hältst, dann wird sie dir zerfließen.«

Jetzt ruhte ihr Blick auf Klaras Gesicht.

»Ich dank dir schön, ich dank dir schön«, sagte sie.

Klara spürte ein Würgen in der Kehle. Am liebsten hätte sie jetzt laut hinausgeweint. Dieser graue Saal mit den vorhanglosen, hohen Fenstern war fürchterlich, und die grauen Gesichter ringsum waren noch schrecklicher.

Klara griff nach den Armen der Mutter.

»Mutter, wie geht's dir denn hier?«, fragte sie.

»Es geht mir gut«, antwortete die Bäuerin in einem leiernden Tonfall.

»Nein, es geht ihr nicht gut«, dachte Klara. »Hier geht es keinem gut!« Es war hier wie in einem Zuchthaus. Schlimmer noch als in einem Zuchthaus, denn hier schien es keine Menschen zu geben, sondern nur Gespenster.

Klara blieb noch längere Zeit mit der Mutter zusammen. Eigentlich hatte sie früher gehen wollen, aber sie brachte es nicht fertig. Sie fühlte, dass die Mutter glücklich war in ihrer Nähe. Sie erzählte ihr vom Hof, von den Schwestern, vom Vater und verschwieg, dass er die meiste Zeit im Wirtshaus verbrachte.

Als Klara dann gehen musste, weil die Besuchszeit zu Ende war, fragte die Bäuerin mit überraschend klarer Stimme: »Kommst bald wieder, Klara?«

Klara nickte und legte den Arm um die schmale, knochige Schulter der Mutter.

»Ja, ich komm bald wieder.« Diese Lüge aber ging ihr nicht so leicht über die Lippen. Sie fühlte ein Würgen in ihrer Kehle, und die Tränen standen in ihren Augen. Sie biss die Zähne zusammen und presste die Lippen aufeinander.

»Leb wohl, Mutter, leb wohl«, sagte sie dann. Sie blickte noch ein letztes Mal in dieses graue Gesicht. Am liebsten hätte sie die Mutter in diesem Moment an der Hand genommen und nach Hause gebracht, auf den Hof an der Lehn, zu den grünen Wiesen und den Apfelbäumen, in deren Zweigen der Wind raunte. Aber sie konnte es nicht. Sie blieb stehen und schaute der Mutter nach, wie sie von dem Pfleger fortgeführt wurde, mit beiden Händen die Schokolade an die Brust pressend.

Klara lehnte sich ein paar Herzschläge lang an die Wand und schloss die Augen. Ein Gefühl der dumpfen Schwere, der plötzlichen Hoffnungslosigkeit überkam sie. Erst als sie draußen war, den Himmel wieder sah und die Bäume, wurde es besser.

Sie holte ihren Koffer und ging zum Bahnhof. Sie hatte Glück. Der Zug nach Hamburg ging schon in einer halben Stunde. Sie kaufte sich eine Limonade und aß zwei Butterbrote dazu. Das musste für heute genügen. Als sie zum Bahnsteig ging, fuhr der Zug bereits ein. Klara fand einen Fensterplatz in einem der schmalen Abteile. Und als der Zug anruckte und aus dem Bahnhof hinausfuhr, wusste sie, dass jetzt alles endgültig war.

Klara blickte durch das Fenster. Sie hatte die Mutter vergessen und auch das Dorf, aus dem sie kam. Sie war fasziniert von der großen Reise, die sie zum ersten Mal in ihrem Leben unternahm.

Am frühen Abend, nach einer etwa zweieinhalbstündigen Fahrt, blieben die Berge hinter dem Zug zurück. Sanftes Hügelland breitete sich aus, mit weiten Wiesen und Wäldern. Jetzt erst hatte sie die vertraute Welt verlassen und kam in eine Fremde, von der sie noch nicht wusste, wie sie von ihr aufgenommen werden würde.

Der Zug fuhr die ganze Nacht hindurch. Klara hatte sich in ihre Ecke gedrückt und schlief. Hin und wieder schreckte sie hoch, wenn der Zug an einer größeren Station hielt und unsanft und ruckartig die Abteiltür zur Seite geschoben wurde und die Reisenden wechselten.

Als Klara wieder einmal erwachte, sah sie als Gegenüber einen Mann unbestimmbaren Alters mit magerem, grauem Gesicht und stechenden Augen.

»Fahren Sie auch nach Hamburg?«, fragte er mit einer dünnen metallischen Stimme.

Klara nickte nur und schloss wieder die Augen. Der Mann war ihr zutiefst unsympathisch, und sie wünschte keine Unterhaltung. Sie war froh, dass das Abteil voll besetzt war und sie nicht mit diesem Mann allein sein musste. Hatte nicht voriges Jahr in der Zeitung gestanden, dass ein Mann eine Frau in einem Zugabteil umgebracht und sie dann zum Fenster hinausgeworfen hatte? Ja, jetzt erinnerte sie sich ganz genau daran.

Klara konnte nicht mehr schlafen. Sie hielt zwar die Augen geschlossen, horchte aber genau darauf, dass sich immer noch Leute im Abteil befanden. Würde es sich leeren, würde sie auch mit hinausgehen. Aber das Gegenteil war der Fall. Gegen Morgen war der Zug überfüllt, und Klara konnte sich noch einmal unbeschwert einem kurzen Schlaf hingeben.

Als der Zug in die große Bahnhofshalle einfuhr, stand sie auf, fuhr sich mit den Händen über das Haar und holte ihren Koffer herunter. Der Mann mit dem mageren Gesicht und den stechenden Augen hatte sich auch erhoben.

»Soll ich Ihren Koffer tragen?«, fragte er.

Klara machte ein abweisendes Gesicht. »Danke schön. Ich trag ihn schon selber.«

»Ach, Sie kommen aus dem Süden?«

»Ja.«

Sie konnte den Mann jetzt loswerden, denn im Waggon herrschte Gedränge. Alles strebte zur Tür, als der Zug endlich hielt.

»Wissen Sie, dass Sie sehr, sehr hübsch sind?«, sagte jetzt der Mann hinter ihr.

»Ja, das weiß ich«, antwortete Klara kühl und abweisend. Der Mann hatte anscheinend eine andere Reaktion erwartet, denn jetzt blickte er verblüfft in ihr Gesicht. Klara drängte vorwärts, und es gelang ihr, zwischen sich und dem Mann einen Abstand zu bringen.

Endlich kam sie an die Tür, sprang die Stufen hinunter und lief davon. Viele Menschen gingen an ihr vorüber, und sie hastete irgendeinem Ausgang zu. Dort blieb sie verschnaufend stehen und blickte sich um. Von dem Mann mit dem bleichen, mageren Gesicht war nichts zu sehen.

Mit dem Koffer in der Hand lief sie dann durch endlose Straßen, blieb hie und da stehen, staunte die Menschen an, den Straßenverkehr und die Schaufenster, in denen die herrlichsten Dinge ausgestellt waren, wie sie Klara noch nie gesehen hatte.

Ja, das war eine Welt! Eine andere Welt als die zu Hause im kleinen Gebirgsdorf, das ihr jetzt ärmlich und rückständig erschien. Und dann plötzlich sah Klara ein großes Wasser vor sich, auf dem sich kleinere und größere Boote und Schiffe tummelten, auf denen Güter und Menschen transportiert wurden.

Klara wurde mit dem Schauen nicht fertig. Große, weißgraue Wolken segelten unter dem Blau des Himmels. Es wehte ein kräftiger Wind, der ihr das weite Bauerngewand um die Knöchel flattern ließ. Langsam fiel ihr auf, dass die Leute sie anstarrten, besonders die Männer. Dann wurde ihr bewusst, dass man ihr ansah, dass sie von weit her aus dem Gebirge kam. Sie stellte sich an den Rand des Gehsteigs und schaute den Autos nach, von denen es hier nur so wimmelte.

Plötzlich stand ein Herr neben ihr. Er trug ein schmales Schnurrbärtchen über den Lippen und hatte einen weichen Filzhut auf dem Kopf. Sein Anzug war ein wenig abgewetzt und die Krawatte saß schief.

»Sie sind wohl fremd hier?«, fragte er. »Kann ich Ihnen behilflich sein? Sie suchen doch sicher Quartier.«

Der Mann hatte ein freundliches Gesicht, und Klara fasste Vertrauen.

»Ja, ich bin erst hier angekommen und suche ein Gasthaus. Aber teuer darf's nicht sein. Eine kleine Pension wär am besten, bis ich eine Stellung gefunden hab und mir dann ein Zimmer suchen kann.«

Der Blick des Mannes glitt über ihr Gesicht und über ihre Figur. Etwas in diesem Blick irritierte Klara.

»Na, dann kommen Sie mal mit, kleines Fräulein, ich bringe Sie zu einem guten Quartier.«

Der Mann winkte nach einem Taxi, und dann saß sie plötzlich neben ihm und fuhr durch die Straßen. Sie sah elegant gekleidete Damen in eng geschnittenen Kostümen, sah aber auch ärmliche und heruntergekommene Gestalten. Und je weiter sie sich vom Bahnhof entfernten, desto auffälliger wurden die Baulücken, die der große Krieg gerissen hatte, der erst vor wenigen Jahren zu Ende gegangen war und von dem sie in ihrem abgelegenen Tal kaum etwas gemerkt hätten, wären nicht immer wieder junge Männer zur Wehrmacht eingezogen worden, von denen mancher nicht zurückgekehrt war. Zwar wurde überall eifrig gebaut, aber immer wieder fuhren sie an schwarz verbrannten Ruinen vorüber.

»Wie heißen Sie denn, kleines Fräulein?«, fragte sie der Mann.

»Klara Haberer.«

»So – Klara. Ein ganz hübscher Name, aber lange nicht so hübsch, wie Sie selbst sind. Warum sind Sie denn hierher gekommen?«

»Weil ich es daheim im Dorf nimmer ausgehalten hab. Ich will von der Welt was sehen, will Geld verdienen und so leben wie die Menschen hier.«

»Sie sind wohl Magd gewesen?«

»Magd? Nein. Wir haben selber einen Hof. Hof an der Lehn heißt er«, sagte sie stolz.

»Sie haben selbst einen Hof, und da sind Sie einfach fortgegangen? Das verstehe ich nicht. Andere Menschen wären froh, wenn sie einen Hof und Grund und Boden besitzen würden.«

»Das wieder verstehe ich nicht«, sagte Klara. »Hier ist doch alles viel schöner!«

Der Mann sagte nichts darauf. Er lächelte nur. Es war ein eigentümliches Lächeln.

»So«, sagte er dann, »wir sind da.«

Als sie aus dem Taxi stiegen, schaute sich Klara um. Aber sie konnte nirgends an den Häusern ein Schild entdecken, das auf ein Gasthaus oder eine Pension hingewiesen hätte. Aber der Mann würde es schon wissen. Er nahm Klaras Koffer, und dann betraten sie ein hohes graues Gebäude mit einem finsteren, verwahrlosten Treppenhaus. Sie stiegen unzählige Stufen hoch, und dann sperrte der Fremde eine Tür auf, von der längst der Anstrich abgeblättert war. Muffige Luft schlug Klara entgegen.

»So«, sagte er dann, »hier kannst du schlafen, mein Kätzchen.«

Er warf seinen Hut auf einen Stuhl und zog Klara zu dem breiten Diwan mit den vielen Kissen. Klara war starr vor Schreck. Sie erkannte, dass sie in eine Falle gegangen war. Das hier war weder eine Pension noch ein Gasthaus. Sie war in der Wohnung dieses sauberen Herrn. Mit ungeahnter Kraft stieß Klara den Mann zurück, dass er auf den Diwan fiel, griff nach ihrem Koffer und stürmte hinaus.

»Aber Kätzchen!«, hörte sie ihn rufen, »hier kannst du schlafen, und noch dazu ganz umsonst!«

Klara hastete die Treppe nach unten und lief auf die Straße hinaus. Sie rannte noch eine ganze Weile in irgendeine Richtung und lehnte sich dann erschöpft an die Mauer eines Hauses. Jetzt spürte sie erst, wie müde sie war. Die Füße brannten, der Kopf tat weh, und sie hatte Hunger. Eine Dame in einem blauen Rüschenkleid und einem auffälligen weißen Federhut, an dem ein weißer Schleier wehte, kam die Straße entlang.

»Kindchen, ist Ihnen übel?«, fragte sie besorgt und musterte Klara.

Die schüttelte den Kopf. »Ich bin nur müde, und Hunger hab ich auch.«

»Sie sind wohl erst hier angekommen?«

»Ja.«

Die elegante Dame hatte ein rundes, gutmütiges Gesicht und helle, blaue Augen. Ihr Gesicht war schon recht faltig, aber grell geschminkt. Den Mund hatte sie dick rot angestrichen, die Augenbrauen schwarz, und die Haut war rosa gepudert.

»Ich suche eine Pension, in der ich wohnen kann, bis ich Arbeit gefunden habe.«

»Hier in der Nähe ist keine, aber wenn Sie wollen, können Sie erst mal zu mir kommen und sich da ausruhen.« Sie trat näher und legte Klara leicht die Hand auf den Arm.

»Kommen Sie, Kindchen, Sie sind ja todmüde, haben sicher eine lange Fahrt gehabt.«

Klara konnte kaum mehr denken, so müde war sie. Sie sehnte sich nach einem Bett, in dem sie lange, lange schlafen konnte.

Die Dame führte sie ein paar Häuser weiter zu einem schmalbrüstigen grauen Haus, hinter dessen Fenstern blütenweiße Mullgardinen hingen. Die Frau sperrte eine hohe, braune Tür mit Oberlichtfenstern auf und führte Klara durch einen großen Raum, in dem Sessel und Tische umherstanden und Teppiche auf dem Boden lagen, über eine breite Treppe zu einem Zimmer hinauf. Hier war alles sauber und ordentlich, wenn auch hie und da abgenützt und die Portieren fadenscheinig.

»Psst, wir müssen ein wenig leise sein, meine Mädchen schlafen noch«, sagte die Dame und führte Klara in eine große Küche.

»Setzen Sie sich, Kindchen, ich mache Ihnen einen Imbiss, und dann schlafen Sie sich ordentlich aus. Nachher können wir weitersehen, nicht wahr?« Sie tätschelte Klaras Wange und lächelte gütig wie eine Mutter. Es dauerte nicht lange, dann stand ein großer Teller mit Wurstbroten und ein Kännchen mit Pfefferminztee vor Klara. Sie merkte jetzt erst so richtig, was sie für einen Hunger hatte. Als der Teller leer war, wurde sie von der Dame in ein großes Schlafzimmer geführt, in dem mehrere Betten standen, und Klara sah, dass in den Betten junge Frauen schliefen.

Die Frau deutete auf ein leeres an der Wand.

»Dort können Sie schlafen, Kindchen«, sagte sie lächelnd, legte den Finger auf den Mund und verschwand leise durch die Tür. Klara sah an den Schränken wunderschöne Kleider mit Rüschen und Spitzen hängen, und elegante Schuhe mit hohen Absätzen standen umher. Sie kam sich jetzt in ihren Bauerngewändern wirklich wie eine arme Magd vor. Die Frauen in den Betten trugen zum Teil noch dicke Schminke auf den

Gesichtern. Es war warm im Zimmer und roch nach Parfüm und Puder. Die Möbel waren hübsch und heimelig. Klara gefiel es. Sie schlüpfte schnell und leise aus ihren Kleidern und löste das Haar. Dann schlüpfte sie unter die Decke und war bald darauf eingeschlafen.

Ein Lachen und Kichern weckte sie. Es musste später Nachmittag sein. Durch die hohen Fenster fielen schräge Sonnenstrahlen. Ein paar Frauen, ältere und jüngere, standen an ihrem Bett und schauten auf sie hinunter.

»Bist du eine Neue?«, fragte eine von ihnen.

»Eine Neue?«, fragte Klara verwundert und richtete sich auf. »Eine Dame hat mir Quartier angeboten. Ich bin erst hier angekommen und suche Arbeit.«

»Ach so«, sagte eine der Frauen gedehnt, und Klara bemerkte, dass sie mit einer anderen einen vielsagenden Blick tauschte. Jetzt öffnete sich die Tür, und die Dame, die Klara auf der Straße kennen gelernt hatte, kam herein. Sie trug jetzt ein Hauskleid und klatschte in die Hände.

»Kinder, was steht ihr da herum?«

Jetzt kam sie an Klaras Bett, und diese sah, dass die blauen Augen der Dame keineswegs mehr gütig dreinblickten. Ganz anders sahen sie jetzt aus.

»Hast du ausgeschlafen?«, fragte sie.

Klara nickte verwirrt ob der plötzlichen vertrauten Anrede.

»Oh, du bist aber wirklich hübsch«, sagte die Dame jetzt anerkennend, »nein, eigentlich direkt schön! Die Haare sind natürlich blond, das sieht man sofort.« Sie griff zu und ließ Klaras Haar durch ihre Finger gleiten. »So was Schönes hab ich selten gesehen, dazu die dunklen Samtaugen und die hohen Backenknochen. Die

Männer werden sich um dich reißen, Kindchen! Hast du schon einen Liebhaber gehabt?«

»Einen Liebhaber?«, fragte Klara betroffen und verständnislos. »Nein.«

»Nein? Und das ist auch wirklich wahr?«

»Ja. Bei uns hat man doch keine Liebhaber! Wenn man einen Burschen gern hat, dann heiratet man ihn, und ich bin noch unverheiratet.«

Die Mädchen kicherten und lachten.

»Still!«, zischte die Dame wütend. Als sie sich wieder Klara zuwandte, war sie wieder die Freundlichkeit selbst.

»So, so, Kindchen, na, dann muss ich mir mal überlegen, was ich mit dir mache.«

Klara sah hinter der Frau die neugierigen Gesichter der Frauen, und ein beklommenes Gefühl stieg plötzlich in ihr auf. Mit einem Mal bemerkte sie, dass diese Frauen gar nicht mehr so jung waren, wie sie zunächst ausgesehen hatten, und jetzt, ganz aus der Nähe, sah Klara, wie verlebt die Züge der Gesichter waren.

Klara sprang aus dem Bett und schlüpfte hastig in ihre Kleider.

»Aber, Kindchen, ein solches Gewand ziehen wir doch nicht mehr an. Ich bring dir ein schöneres.«

Klara war, als ob vor ihr ein Vorhang zerriss. Entgeistert starrte sie in das Gesicht der Frau.

»Ich will kein solches Kleid«, sagte sie. »Und jetzt möchte ich gehen. Ich muss mir einen Gasthof suchen.«

»Du kannst doch hier bleiben, Kindchen, ist es da nicht hübsch?«

»Ich will nicht hier bleiben«, sagte Klara und bemühte sich, ihrer Stimme Festigkeit zu geben. Die Angst schnürte ihr plötzlich die Kehle zu. Sie schielte nach ihrem Koffer, der noch unversehrt am Bett stand. Sie griff danach und wollte gehen. Aber mit einem harten Griff hielt die Frau sie zurück. Aus ihrem Gesicht war plötzlich alle Freundlichkeit gewichen, scharf traten ihre Züge hervor, und ihr Blick war kalt.

»Kindchen, so haben wir nicht gewettet! Du bist mitgekommen, und jetzt wirst du auch dableiben!«

Klara nahm allen Mut zusammen.

»Ich wüsste nicht, dass wir was besprochen hätten. Sie haben mir angeboten, mich bei Ihnen auszuschlafen und mir etwas zu essen zu geben. Und jetzt muss ich gehen. Zurückhalten können Sie mich nicht, sonst rufe ich nach der Polizei!«

In das Gesicht der Dame stieg flammende Zornesröte, und sie war plötzlich keine Dame mehr.

»Habt ihr's gehört, Kinder, sie droht mir mit der Polizei!«, wandte sie sich an die Mädchen, deren Lachen verstummt war, aber sie nahm die Hände von Klaras Armen, und diese wandte sich der Tür zu.

»Halt! Ich bekomme noch zehn Mark für Übernachtung und Essen von Ihnen!«, schrie ihr die Frau nach. Klara wollte zuerst nicht darauf reagieren, denn von einer Bezahlung war keine Rede gewesen. Aber dann sagte sie sich, dass es besser war, wenn sie bezahlte.

»Zehn Mark? Das ist ja Wucher«, antwortete sie, ging zu einem Stuhl, legte ihren Koffer darauf und wühlte unter den Kleidern nach ihrer Geldtasche. Sie reichte der Frau einen Schein und konnte darauf, mit Schmähreden überhäuft, aber unbehelligt, das Haus verlassen.

Klara stand wieder auf der Straße. Zehn Mark hatte sie nun schon verbraucht. Höchstens die Hälfte hatte sie für Schlafen und Essen gerechnet. Aber eine große Erfahrung hatte sie nun gemacht: Sie durfte sich nie wieder auf der Straße ansprechen lassen, ganz gleich, von wem! Zweimal war sie glimpflich davongekommen. Ein drittes Mal könnte es böse ausgehen.

Während sie, mit ihrem Koffer in der Hand, die Straße entlangging, dachte sie zum ersten Mal an ihr heimatliches Dorf. Zu Hause kannte jeder Mensch den anderen. Man konnte mit jedem reden, und alles war ganz unkompliziert. Hier aber schien überall Lüge, Tücke und Berechnung zu lauern. Man musste auf der Hut sein.

Klara hatte keine Ahnung, in welchem Stadtteil sie sich befand. Die hohen, grauen Häuser sahen trist und verwahrlost aus. In vielen Fenstern fehlte das Glas, und oft ging sie an unbebauten Grundstücken entlang, die man erst vom Schutt der Bombennächte befreit hatte. Ein kühler Wind fegte durch die Häuserzeilen.

Sie musste auf jeden Fall wieder zum Bahnhof zurück und dort bei einer vertrauenswürdigen Stelle nach einer geeigneten Pension fragen, so dass sie sicher war, nicht wieder an eine falsche Adresse zu geraten. So fragte sie sich von Polizist zu Polizist durch und erreichte endlich nach langem Gehen den Bahnhof. Noch nie hatten ihr zu Hause die Füße so wehgetan wie hier. Sie war das Gehen auf dem harten Pflaster nicht gewöhnt.

Endlich fand Klara ein Büro, in dem man ihr die Adresse einer einfachen, billigen Pension hier in der Nähe geben und den Weg dorthin beschreiben konnte. Nachdem sie ein paar Mal falsch gegangen war, fand sie endlich die bezeichnete Pension. Sie lag in einer engen, kurzen Seitenstraße, war klein und ärmlich und deswegen natürlich auch so billig. Die Pensionswirtin war eine schlichte, schweigsame Frau und machte einen ordentlichen Eindruck. Klara musste für ein paar Tage im Voraus bezahlen und wurde dann von Frau Hansen über eine enge Treppe hinauf in ihr Zimmer geführt. Als Klara allein war, schaute sie sich um. Das Zimmer war ein Schlauch, schmal und lang. Die Möbel waren alt und wurmstichig. Ein einziges, schmales Fenster ging auf einen winzigen Hof hinaus, eigentlich mehr ein Lichtschacht. Sie sah nur graue Wände und Fenster.

Draußen war es noch hell gewesen, aber hier in diesem Raum war es schon so dunkel, dass Klara das Licht anschalten musste. Sie ließ sich auf den einzigen Stuhl fallen, den es im Zimmer gab, und starrte vor sich hin. Ein dumpfes, drückendes Gefühl stieg in ihr auf. Wenn sie zu Hause aus ihrem Kammerfenster geschaut hatte, dann war ihr Blick über Wiesen, Wälder und Gipfel gegangen. Ein Gefühl von Verlassenheit erfasste sie jäh und trieb ihr die Tränen in die Augen.

Was wollte sie eigentlich? Hatte sie geglaubt, sie würde in einem eleganten Hotel wohnen können? Was hatte sie sich überhaupt unter einer Großstadt vorgestellt? Klara konnte sich selbst keine Antwort auf ihre Fragen geben. Sie wusste nur, dass sie enttäuscht war, enttäuscht von allem, kaum, dass sie hier angekommen war. Aber ein Zurück gab es nicht mehr. Die zu Hause würden schön lachen, wenn sie plötzlich wiederkäme. Und Bertold? Merkwürdig, erst jetzt musste sie an ihn denken! Wie enttäuscht war er wohl, als er erfahren musste, dass sie fortgegangen war!

Klara hatte ihren Koffer noch nicht ausgepackt, und sie saß noch immer auf ihrem Stuhl, als unten der dumpfe Schlag eines Gongs ertönte. Das war das Zeichen zum Abendessen, wie ihr die Wirtin erklärt hatte. Es gab hier eine Abendmahlzeit und ein Frühstück. Mehr wollten die Gäste dieser Pension nicht, denn die meisten konnten sich ein Mittagessen gar nicht leisten.

Klara schüttete Wasser aus dem Krug in die Schüssel und wusch sich die Hände. Dann glättete sie ihr Haar und ging nach unten. Das Durchgangszimmer, die so genannte Halle, war zugleich Ess- und Aufenthaltsraum. Als Klara kam, saßen schon zehn Leute an dem langen Tisch.

»Das ist unser neuer Gast, Fräulein Klara Haberer«, stellte die Wirtin kurz vor und nannte der Reihe nach die Namen der Anwesenden, die Klara bald danach wieder vergessen hatte. Das Essen war schlecht und nicht ausreichend für einen hungrigen jungen Menschen. Waren die Schüsseln leer, konnte man weder Gemüse noch Kartoffeln nachbekommen.

Nach dem Essen wollten einige der Leute Klara in ein Gespräch verwickeln, aber sie ging gleich in ihr Zimmer hinauf. Die Gäste waren ältere Menschen, und sie sahen genauso ärmlich aus wie die Pension selbst.

Oben saß Klara im Dunkeln vor dem Fenster und starrte auf die gegenüberliegende Seite des Lichthofes. Eines der Fenster drüben hatte nicht einmal einen Vorhang. Man hatte einfach einen Stofffetzen quer über die Scheiben gespannt. Klara schluckte. Der Geschmack von verbrannten Zwiebeln war in ihrem Mund zurückgeblieben. Irgendwo dudelte ein Plattenspieler. Sie hatte noch nie so ein Ding gehört und horchte eine Weile hin. Dann verstummte es. Von einer der Hauptstraßen drang schwacher Lärm, und mit jeder Stunde, die verging, wurde es stiller. Ein Licht nach dem andern erlosch hinter den Fenstern des winzigen Hofes. Und mit einem Mal wusste Klara, dass sie Heimweh hatte, brennendes Heimweh. Und sie erkannte schon jetzt, da sie von der Stadt und dem Leben hier noch gar nichts kennen gelernt hatte, dass es falsch gewesen war, die Heimat zu verlassen. Aber vielleicht sah morgen schon alles anders aus! Endlich legte sie sich zu Bett. Die Laken waren kühl und rochen muffig, und durch den Fensterspalt drang der Geruch von kaltem Rauch und Ruß.

Der dünne Ersatzkaffee am nächsten Morgen war wenigstens heiß, und der Rübensirup für das Brot schmeckte nicht einmal schlecht. Nur die Margarine konnte Klara nicht ausstehen. Zu Hause hatte es nichts anderes als Butter gegeben.

Vor dem Frühstück hatte Klara den Koffer ausgepackt und ihre wenigen Habseligkeiten in den Schrank gehängt. Sie war in ihr Sonntagskleid geschlüpft und blickte verwundert auf die Gäste, die sie mit einem »Aaaah« empfingen. Sie wurde rot, denn noch niemand hatte sie so deutlich, so ehrlich bewundert.

»Sie sehen wie der leibhaftige Frühling aus, Fräulein Haberer«, sagte ein alter Herr, der in einem abgeschabten Morgenmantel am Tisch saß.

»Ja«, bekräftigte eine ältere Dame, »Sie passen gar nicht hierher in unseren Kreis, aber wir profitieren von Ihrem Anblick.«

Klara lächelte ein wenig und schaute auf ihre Tasse nieder. Sie war froh, als sie aufstehen und das Haus verlassen konnte. Der Himmel sah wie am Vortag aus, und Klara bekam ein klein wenig mehr Mut. Und als sie in die schönen Straßen kam, auf denen ihr gepflegte und elegante Menschen begegneten, wurde ihre Stimmung besser. Der Tag wirkte freundlicher als der vergangene. Sie ging die mit Bäumen gesäumte Straße entlang, blieb dann stehen und schaute auf das Wasser an dem gemauerten Kai. Mehrere Boote lagen hier, an Pfählen angebunden. Der Wind roch frisch, und Fahnen flatterten im Wind.

Klara ging zu der Stellenvermittlung, von der ihr die Wirtin gesprochen hatte.

»Wir bedauern«, sagte der Mann am Schalter, »aber zurzeit haben wir nichts anzubieten. Die Zeiten sind schlecht, so kurz nach dem Krieg, und Sie haben keinen richtigen Beruf. Sie müssen eben jeden Tag kommen und nachfragen. Manchmal wird unversehens irgendwo eine Dienstbotenstelle frei, wenn man ein Mädchen hinausgeworfen hat, weil es gestohlen hat oder schwanger geworden ist. Manchmal heiratet auch eine. Also, wie gesagt, Sie müssen jeden Tag nachfragen.«

Nun kam wieder dieses dumpfe Gefühl in Klaras Brust zurück. Sie war den Müßiggang nicht gewöhnt und schlenderte ziellos durch die Straßen. Sie rechnete sich aus, wie lange das Geld, das sie besaß, reichen würde, und würde es verbraucht sein, dann besaß sie auch kein Geld mehr für eine Rückfahrkarte.

So verging Tag um Tag, und jedes Mal, wenn Klara in der Vermittlung vorsprach, schüttelte der Mann nur den Kopf. So begann Klara, sich auf eigene Faust nach einer Arbeit umzusehen. Sie fragte in Geschäften, in Bierlokalen, aber nirgends gab es Arbeit für sie. In der ersten Zeit hatte sie sich noch zu Mittag etwas zu essen gekauft, jetzt unterließ sie es. Klara hatte nicht geahnt, dass es so schwer war, Arbeit zu bekommen. Sie hatte geglaubt, in einer so großen Stadt würde man froh sein, wenn jemand kam, der arbeiten wollte.

»Ja, Fräulein Haberer«, sagte die Wirtin, als sie mit ihr darüber sprach, »da wären Sie natürlich viel besser zu Hause geblieben, auf dem eigenen Hof. Das ist doch etwas ganz anderes. Hier wären die Leute froh, wenn sie einen Bauernhof besäßen und dort arbeiten könnten, auf der eigenen Scholle!«

Klara sah es ein. Aber jetzt gab es kein Zurück mehr für sie, und so schnell wollte sie auch nicht aufgeben.

Als sie an einem der nächsten Tage wieder auf das Vermittlungsbüro kam, saß dort eine elegante Dame auf dem Stuhl und machte ein ebenso ärgerliches wie betrübtes Gesicht.

»... es sollte aber eine Person vom Land sein, wissen Sie«, hörte Klara die Dame sagen, »die sind fleißiger als die Stadtmädchen.«

»Oh, gnädige Frau!«, rief der Mann jetzt aus, »da kommt genau das, was Sie suchen!«

Die Dame auf dem Stuhl drehte sich um und musterte Klara von oben bis unten. Dann schüttelte sie den Kopf. »Nein, die ist mir viel zu hübsch!«

»Aber Gnädigste! Ist es nicht viel angenehmer, von hübschen Dienstmädchen umgeben zu sein, als von hässlichen? Sie können mit diesem Mädchen bei allen Ihren Bekannten renommieren, und die werden Ihren Haushalt loben, Gnädigste!«

Sie musterte Klara noch einmal.

»Sie könnten Recht haben«, sagte sie dann. »Also gut, ich nehme das Mädchen.«

»Zahlen Sie die Vermittlungsgebühr gleich, gnädige Frau?«, fragte der Mann eifrig.

Die Dame nickte: »Ja, damit die Sache erledigt ist.«

»Und Sie, mein Fräulein«, sagte der Mann zu Klara, »unterschreiben hier.«

Klara griff nach dem Federhalter.

»Halt!«, sagte die Dame, »das musst du dir merken: Man unterschreibt nichts, das man nicht vorher gelesen hat, verstehst du?«

Klara nickte.

Die Dame nahm das Papier in die Hand und las es durch.

»Siehst du«, sagte sie dann, »hier steht, dass du den ersten Monatslohn als Vermittlungsgebühr bezahlen musst. Du hättest jetzt unterschrieben und gar nicht gewusst, um was es sich handelt.«

Klara war erschrocken.

»Einen ganzen Monatslohn? Aber den brauch ich doch, sonst hab ich ja kein Geld mehr.«

»Dann wird der Herr die Zahlung in zwei Raten gestatten, nicht wahr? Bitte, vermerken Sie es hier.«

Mit süßsaurer Miene schrieb der Mann den Zusatz, dann durfte Klara unterschreiben.

»Hier hast du meine Karte«, sagte die Dame und reichte sie Klara. »Du packst deine Sachen und kommst dann gleich. Du heißt Klara, nicht wahr, wie ich vorhin gesehen habe?«

Klara nickte. Als die Dame gegangen war, wandte sie sich an den Mann: »Die – die Dame ist doch in Ordnung, ja? Ich – ich meine, es ist doch ein seriöses Haus, in das ich komme?«, stotterte Klara.

Der Mann lächelte ein wenig spöttisch. »Sie können ganz beruhigt sein, mein Fräulein. Der Gatte der Dame ist ein höherer Regierungsbeamter.«

Klara atmete auf. Als sie wieder auf der Straße stand, war ihr leichter ums Herz. Nun hatte sie endlich eine Stellung bekommen, und sie würde alles tun, dass sie die Zufriedenheit ihrer Dienstherrin errang.

Klara ging langsam. Der Himmel war bedeckt, aber es war warm. Von irgendwoher kam das Kreischen von Möwen. Die Menschen gingen schnell und mit verschlossenen Gesichtern an ihr vorüber. Klara schaute sich um. Das war es nun, wonach sie sich Jahre gesehnt hatte! Und jetzt wusste sie, dass in ihren Träumen alles in Gold gefasst gewesen war, während die Wirklichkeit ganz anders aussah. Sie sehnte sich in die Heimat zurück, und doch war ihr der Weg dorthin verschlossen. Ihr Stolz ließ eine Rückkehr nicht zu.

In den letzten Tagen hatte sie oft an Bertold denken müssen, und es war ihr bewusst geworden, dass sie mit ihm etwas Wertvolles verloren hatte. Sie war verblendet gewesen, verblendet von ihren Fantasien.

Als Klara in die Pension zurückkam, packte sie gleich ihren Koffer und verabschiedete sich von der Wirtin.

»Ich freue mich«, sagte diese, »dass Sie nun endlich etwas gefunden haben, und wünsche Ihnen viel Glück.«

Die Wohnung der Familie Nordmann lag in einem anderen Stadtteil. Auch hier waren die Häuser grau, aber gepflegt, und die Kriegsschäden hatte man bereits beseitigt.

Als Klara durch die Eingangstür ging, kam sie in eine Halle mit Marmorfußboden. Am breiten Treppenaufgang stand eine Palme in einem Kübel. An den Türen der einzelnen Wohnungen hingen breite, blank geputzte Messingschilder. Nordmanns wohnten im zweiten Stock. Als Klara klingelte, öffnete ihr die Dame selbst.

»So, da bist du ja. Die Wohnung muss dringend aufgeräumt werden. Ich zeige dir schnell deine Kammer, dann kannst du schon anfangen. Um sieben Uhr wollen wir essen. Du kannst doch hoffentlich kochen?«

Klara nickte.

Dann wurde sie von der Dame in ein schmales Zimmerchen geführt, dessen Fenster auf den Hinterhof hinausging. Mit alten, ausgedienten Möbeln war es ausgestattet, und auf dem Bett lag eine ehemals prachtvolle Steppdecke aus Seide, deren Bezug aber an vielen Stellen zerschlissen war. Auf dem Boden lag ein ausgefranster Vorleger, und an den Wänden hingen ein paar nichts sagende Drucke.

Klara hatte sofort eine Antipathie gegen dieses Zimmer. Es wirkte irgendwie noch trostloser als das Loch, das sie in der Pension bewohnt hatte.

»Ich hoffe, dass dir die Kammer gefällt«, sagte die Dame.

Klara schüttelte den Kopf. »Nein, sie gefällt mir nicht.«

Frau Nordmann starrte Klara entgeistert an. »Du hast wohl zu Hause in deinem Bauernkaff eine Hotelsuite bewohnt?«

»Wir haben einen Hof mit Wiesen, mit Apfelbäumen und Wald. Meine Kammer war hübsch und gemütlich. Vom Fenster aus hab ich das Greinbachhorn mit seinem Gletscher gesehen, den blauen Himmel und die dunklen Wälder. Es ist schön in unserem Tal.«

Der Mund der Dame stand offen. »Einen Hof? Einen Gletscher? Wir müssen viel Geld dafür bezahlen, wenn wir das in den Ferien sehen wollen, und du hast das aufgegeben und bist hierher gekommen?«

»Ja«, sagte Klara und ließ den Kopf sinken, »weil ich gedacht hab, hier wär das wirkliche Leben, hier sei was los und man könne was erleben. Bei uns ist es so einsam und still.«

»Das verstehe ich nicht«, sagte Frau Nordmann. »Ich wäre jedenfalls dort geblieben. So, und jetzt geh an deine Arbeit. Deinen Koffer kannst du auspacken, bevor du zu Bett gehst. Ich zeige dir jetzt die Räume und erkläre dir, was du zu tun hast.«

Überall in den Zimmern lagen dicke Teppiche, und viele Grünpflanzen standen herum, die auch abgestaubt werden mussten. Die Küche war groß, hatte einen Pflasterboden und ein hohes Fenster. »In einer halben Stunde bringst du mir den Tee in den Salon und ein paar von den Schokoladenkeksen aus der Dose dazu.«

»Ich – ich hab auch Hunger«, sagte Klara, »kann ich was essen?«

»So, du hast Hunger? Dann streichst du dir ein Butterbrot.«

Klara strich sich nicht nur ein einziges Brot. Sie aß sich erst einmal richtig satt, dann ging sie an ihre Arbeit. Sie kochte Tee, suchte nach den Keksen, probierte einen davon und stellte dann alles auf das Tablett, das ihr die Chefin gezeigt hatte. Sie trug es in den Salon und servierte dort auf dem kleinen, runden Mahagonitisch. Frau Nordmann lag auf dem Sofa und blätterte in Modezeitschriften. Als Klara wieder gehen wollte, wurde sie zurückgerufen.

»Du musst den Tee auch gleich in die Tasse gießen«, sagte sie. Ihr Ton war freundlich, und Klara tat es.

»Gut hast du ihn aufgebrüht. Er hat eine schöne Farbe. Trinkt ihr auf eurem Hof auch Tee?«

»Nur selten, und wenn, dann halt Pfefferminztee oder Hagebutte. Wir trinken Kaffee.«

»Bohnenkaffee?«

Klara nickte. »Nur in der Früh nicht, da gibt es Malzkaffee mit viel Milch. Und ein Brot dazu.«

»Aha.«

Frau Nordmann warf mehrere Zuckerstückchen in die Tasse und rührte um.

»Und Kühe habt ihr auch?«

»Ja«, nickte Klara.

»Und wie viele Zimmer?«

»Sie meinen die Stuben? Ja, so ungefähr zehn.«

»Ach Gott! Das hat aber viel Arbeit gemacht.«

»Wir sind drei Schwestern und haben auch noch einen Knecht gehabt. Wir haben immer viel arbeiten müssen, hauptsächlich im Stall. Das brauch ich hier nimmer.«

Frau Nordmann lachte. »Nein, wir haben keinen Stall. Da riecht man auch immer so. Magst du einen von den Keksen?« Sie hielt Klara das Schüsselchen hin, aber diese schüttelte den Kopf.

»Dank schön, ich hab schon einen probiert. Sie sind nicht besonders gut.«

Die Chefin verzog den Mund. »Also, offen bist du, das muss man sagen, und sehr wahrheitsliebend. Na, das ist auch was wert. Da weiß man wenigstens, dass man nie belogen oder betrogen wird. Kannst du bessere Kekse backen?«

»Ich denke schon.«

»Dann machst du morgen welche.«

Klara ging wieder an ihre Arbeit. Es war eine ganz andere Arbeit als daheim. Hier musste sie sich mit feinen, polierten Möbeln, mit Teppichen, mit Parkettböden und Nippes beschäftigen. Und wenn sie aus den Fenstern schaute, sah sie eine breite Straße und auf der gegenüberliegenden Seite wieder die gleichen grauen Häuser.

Am Abend kam der Hausherr heim. Er war ein großer, schlanker Mann mit dunklem, glänzendem Haar und einem Bärtchen auf den Lippen. Er wirkte jünger als seine Frau.

»Nanu«, sagte er verwundert, »was ist denn das?«, als Klara ihm die Tür öffnete.

»Ich bin das neue Dienstmädchen«, antwortete Klara zurückhaltend.

Sein Blick glitt schnell über sie hin.

»Da haben wir ja eine Schönheit in unserem Haus«, sagte er, lachte dabei und kniff Klara in die Wange. Sie aber wehrte mit einer energischen Handbewegung seine Aufdringlichkeit ab.

»Oh, ein Kätzchen mit Krallen!«, lachte er, dann beugte er sich plötzlich nieder an Klaras Ohr: »Ich werde Kätzchen zu dir sagen!«

Klara schoss die Röte ins Gesicht. Sie nahm ihm Schirm und Hut ab und hängte die Sachen an den Garderobenhaken.

Die Hausfrau hatte Klara nicht gesagt, was sie kochen sollte. So schaute sie nach, was da war. Sie machte aus den vorhandenen Fleischresten eine pikante Fülle, buk Eieromelettes, füllte sie mit dem Fleisch und richtete verschiedene Salate dazu an. Als sie das Essen servierte, nickte der Hausherr anerkennend, und als Klara abservierte, wurde sie gelobt. »Das hast du wirklich wunderbar gekocht«, sagte die Hausfrau.

Am Abend buk Klara noch Plätzchen, da sie sich nicht müde fühlte. Herr und Frau Nordmann, vom wunderbaren Duft angezogen, kamen wie kleine Kinder in die Küche, um nachzuschauen und zu probieren. Die Plätzchen fanden ihren vollen Beifall.

»Da hast du dir ja eine Perle ins Haus geholt«, sagte Herr Nordmann zu seiner Frau.

»Du hättest sie aber heute Abend nicht mehr zu backen brauchen«, sagte Frau Nordmann freundlich.

»Wenn ich nicht müde bin, macht es mir nichts aus!«

Als Klara dann später ihren Koffer ausgepackt hatte und zur Ruhe ging, konnte sie lange nicht einschlafen. Das fremde Bett und die neue, ungewohnte Umgebung hielten sie wach.

Plötzlich merkte sie, dass jemand an der Tür war. Bevor sie noch überlegen konnte, was sie tun sollte, schlüpfte schon eine Gestalt in ihre Kammer.

»Psst!«, machte es. »Ich bin es!«

Es war der Hausherr. Er setzte sich zu Klara ans Bett und wollte sie an sich ziehen.

»Was fällt Ihnen ein?«, empörte sich Klara. »Verlassen Sie sofort meine Kammer!«

»Aber Kätzchen, tu doch nicht so! Du bist so hübsch, du kannst doch nicht ohne Mann bleiben! Und hier wäre es doch ganz praktisch. Du hättest mich gleich im Haus!«

Klara stieß ihn mit den Händen von sich. »Wenn Sie nicht sofort gehen, rufe ich nach Ihrer Frau!«

Er stand auf. »Oho, kleine Kratzbürste! Aber ich krieg dich schon noch zahm, darauf kannst du dich verlassen!«, zischte er und verließ die Kammer. Klara drehte den Schlüssel im Schloss.

»Mein Gott«, dachte sie, »so einer ist das! Da wird die Nordmann ein schönes Kreuz mit ihm haben!«

Aber auch Klara hatte ein Kreuz mit ihm; denn der Hausherr stellte ihr nach, wo es nur ging. Er schien vernarrt in sie zu sein. Am schlimmsten war es, wenn die Hausfrau am Nachmittag bei einer ihrer Freundinnen war. Da kam er vom Büro nach Hause und belästigte Klara mit seinen Anträgen. Frau Nordmann musste auch schon etwas gemerkt haben, denn sie verfolgte Klara und ihren Mann mit misstrauischen Blicken.

Mit der Zeit war es nicht mehr auszuhalten. Klara, die noch nicht einmal einen Monat in diesem Haushalt war, kündigte.

»Und warum?«, fragte Frau Nordmann.

»Bitte schön, ersparen Sie mir die Antwort. Wenn's nicht dringend wäre, würde ich nicht gehen, glauben Sie es mir!«, beteuerte Klara.

»Ich weiß, was dich forttreibt«, sagte Frau Nordmann plötzlich mit veränderter Stimme. »Es ist mein Mann. Er stellt dir nach!«

Klara senkte den Kopf. Als sie wieder aufblickte, sah sie, dass das Gesicht der Hausfrau müde und alt erschien.

»Er ändert sich nie mehr«, sagte Frau Nordmann mehr zu sich selbst. »Jedem Mädchen, das ihm gefällt, läuft er nach. Und nur ganz junge dürfen es sein.«

Sie schlug plötzlich die Hände vors Gesicht und weinte. Klara stand starr. Was für Abgründe taten sich hier auf! Leid und Schmerz, so wie Anna und Lena sie erdulden mussten, gab es also nicht nur zu Hause. Und vielleicht war der Schmerz dieser Frau noch schlimmer.

Frau Nordmann hob den Kopf und ließ die Arme sinken. Ihr Gesicht war nass.

»Du hast alles so gut gemacht, viel besser als deine Vorgängerinnen. Ich bin so zufrieden mit dir gewesen. Du weißt, dass ich dir dafür auch deine Kammer besser eingerichtet habe, und nun gehst du wieder!«

Klara musste plötzlich schlucken. »Ich hab mich auch bei Ihnen wohl gefühlt, und es war schön hier, wenn das mit Ihrem Mann nicht gewesen wäre. Aber er ist schon ein paar Mal in meine Kammer eingedrungen, hat mit einem Dietrich den Schlüssel hinausgeschoben und die Tür aufgemacht. Ich hab in der letzten Zeit immer die Kommode vor die Tür schieben müssen, und das kann ich auf die Dauer nicht aushalten.«

»Mein Gott!«, stieß Frau Nordmann hervor. Dann weinte sie wieder.

Auch für Klara war es nicht leicht. Sie hatte dem Arbeitsvermittler die Hälfte ihres im Voraus erhaltenen Lohnes zahlen müssen. Nun war sie ihm noch eine Hälfte schuldig, und Frau Nordmann dachte in ihrem Schmerz nicht daran, ihr wenigstens dieses Geld zu geben, damit sie den Vermittler befriedigen konnte. Es war ja nicht Klaras Schuld, dass sie ihren Dienst aufgeben musste. Aber sie brachte es nicht fertig, davon zu sprechen. So verließ sie mit ihrem Köfferchen in der Hand wieder das Haus, in das sie mit so viel Hoffnung gekommen war.

Klara zog wieder in die Pension, in der sie zuvor gewohnt hatte. Von neuem begann nun die zermürbende Suche nach Arbeit. Aber alles, was ihr in der nächsten Zeit geboten wurde, war nicht annehmbar. Endlich bekam sie in einer der Hafenkneipen eine Stellung als Kellnerin. Aber auch hier war es nicht lange auszuhalten, denn die vornehmlich männlichen Gäste glaubten,

Klara wäre auch noch zu etwas anderem da als zum Servieren. So ging sie auch hier wieder davon. Die Sehnsucht nach der Heimat begann sie zu quälen. Sie wurde von bitterer Reue erfasst. Warum nur war sie von daheim fortgegangen? Warum? Die goldenen Träume waren zerplatzt wie Seifenblasen.

Das Geld wurde knapp. Bald konnte sich Klara auch die billige Pension nicht mehr leisten. In einer schmutzigen Kammer eines verwahrlosten Hauses fand sie ein noch billigeres Quartier. Nichts vom Glanz und vom herrlichen Leben der schönen Stadt war hier zu spüren. Doch als Bauerntochter war sie viel zu stolz, um zum Sozialamt zu gehen und um Hilfe zu bitten. Lieber würde sie verhungern.

Es war ein Glücksfall, dass Klara in einer Kneipe dieser Straße Böden putzen konnte, da die alte Frau, die diese Arbeit bisher immer gemacht hatte, tot zusammengebrochen war. So konnte sie sich wenigstens notdürftig über Wasser halten. Wenn sie nun auch den Willen gehabt hätte, nach Hause zurückzukehren – sie konnte es nicht mehr. Niemals besaß sie so viel Geld, dass sie die Fahrkarte hätte bezahlen können.

Als es Winter wurde, begann eine schlimme Zeit. Klara hatte nicht einmal das Geld, um sich Holz und Kohlen kaufen zu können. Der kleine Ofen blieb kalt. Klara saß in Postämtern und auf Bahnhöfen herum, wo es warm war, und abends schlüpfte sie gleich ins Bett. Vor Weihnachten schrieb sie eine Karte nach Hause, dass es ihr gut ginge. Viele Tränen fielen darauf nieder.

Die Erinnerung an den Hof an der Lehn, an die grünen Wiesen, die Berge und Wälder, war wie ein schöner Traum von etwas, das es in Wirklichkeit nicht gab.

Es war noch in diesem Jahr, im Frühherbst, dass Ulrich und Lena einander begegneten. Sie war im Schusterhäusl gewesen und hatte die Stiefel des Vaters abgeholt.

»Ich freu mich, Lena, dass ich dich wieder einmal sehe«, sagte er.

»Ich freu mich auch.« Lena spürte, wie ihr Herz zitterte. Sie hatte sich in den vergangenen Jahren zwar damit abgefunden, dass Ulrich eine andere hatte zur Frau nehmen müssen, aber deswegen war ihre Liebe zu ihm unverändert geblieben.

»Gehst heim?«, fragte er.

Lena nickte.

»Dann begleite ich dich.«

»Aber du hast doch bestimmt woanders hinwollen.«

»Das kann ich aufschieben. Es pressiert nicht.«

Sie gingen nebeneinander her, und es war fast wie in alten Tagen, wenn nicht der Schatten der toten Fanny zwischen ihnen gestanden hätte. Es war ja auch noch nicht lange her, dass man sie begraben hatte.

»Habt ihr von der Klara schon was gehört?«, fragte Ulrich plötzlich.

»Nein, gar nix. Wir wissen nicht, wo sie ist, und nicht, wie's ihr geht. Es ist, als wäre sie tot. Einen Knecht haben wir auch wieder, sonst könnten's wir gar nicht schaffen.«

»Ich weiß«, sagte Ulrich, »ich hab ihn schon gesehen. Ein recht sauberer Bursche.«

»Er redet nicht viel, ist von ruhigem Wesen, und arbeiten tut er auch gern. Wir sind zufrieden mit ihm.«

An einzelnen Bäumen an ihrem Weg hatten sich schon ein paar Blätter verfärbt. Aber es war noch ein Sommerhimmel, der über den Gipfeln blaute.

Lena schien es, als wäre die Zeit des Anfangs ihrer Liebe wieder da, als hätte es die Jahre dazwischen überhaupt nicht gegeben. Wenn sie Ulrichs Blicke auffangen konnte, dann las sie Liebe darin, eine Liebe, die noch stumm bleiben musste – jene Liebe, die schon immer dagewesen war.

Sie begegneten einander nur selten, und als der Winter kam, sahen sie sich überhaupt nicht mehr.

Kurz vor Weihnachten traf auf dem Hof an der Lehn eine Karte von Klara ein. Sie kam aus Hamburg.

»Ich bin hier Kellnerin in einer schönen Wirtschaft«, schrieb sie. »Es gefällt mir gut, und es geht mir auch gut. Ihr braucht euch um mich keine Sorgen zu machen.«

Das war alles, und irgendwie spürte Lena, dass es nicht die Wahrheit war.

»So ein Frauenzimmer!«, fuhr der Haberer auf. »Muss sie nach Hamburg gehen, so weit fort! Wie wenn sie's dort besser hätte als daheim!« Das war der ganze Kommentar des Bauern zu Klaras Nachricht.

Fortan wurde von ihr nicht mehr gesprochen. Der Mutter in der Anstalt hatten sie noch nicht gesagt, dass Klara fortgegangen war, sondern nur erzählt, dass sie krank sei. Aber die Mutter schien es gar nicht so recht begriffen zu haben. Sie fragte auch nicht nach den einzelnen Familienmitgliedern. Die Besuche bei ihr waren immer sehr bedrückend, und wenn Lena dann in Annas Gesicht blickte, erschrak sie oft, denn in ihren Augen glaubte sie manchmal den gleichen Ausdruck zu sehen, der auch in den Augen der Mutter war.

So beschlich Lena manchmal eine unbestimmte Angst. Anna war so still geworden, ihre Bewegungen hatten manchmal etwas Marionettenhaftes an sich, und ihre Augen leuchteten nicht mehr in jenem strahlenden Blau von früher. Sie waren wie Samt, dunkel und schwermütig.

Markus Egger war längst wieder fort, aber man sagte, dass er eines Tages, wenn der Pfarrer in Ruhestand ginge, hierher kommen würde. Lena hoffte, dass es nie wahr würde. Markus konnte Anna doch das nicht auch noch antun!

Als es Frühjahr geworden war, erschien eines Tages Bertold Dobler auf dem Hof an der Lehn. Es war niemand anderes da als Lena, die das Mittagessen kochte. Bertolds Gesicht war ernst und verschlossen, wie es geworden war, nachdem Klara ihn verlassen hatte.

»Ich – ich«, stotterte er, »ich möchte mich mal erkundigen, ob ihr schon Näheres von der Klara gehört habt.«

Lena schüttelte bekümmert den Kopf. »Wir wissen gar nix. Von der Karte, die wir zu Weihnachten bekommen haben, hab ich dir ja erzählt.«

»Ich kann's noch immer nicht fassen, dass sie einfach fortgegangen ist, dass das andere stärker war in ihr, das Verlangen nach dem Leben da draußen. Im vorigen Jahr, als wir droben am Wald im Gras beieinander gesessen sind, hab ich gedacht, dass nun alles gut wird, dass sie meine Frau werden will. Aber wie hab ich mich in ihr getäuscht! Sie hat ganz genau gewusst, dass es nix wird. Ich aber werde das Gefühl nicht los, dass es ihr nicht gut geht und dass sie Heimweh hat.«

Lena machte große Augen. »Meinst du? Und warum kommt sie dann nicht?«

»Ihr Stolz lässt's nicht zu, und vielleicht – vielleicht hat sie nicht einmal das Geld für die Fahrkarte!«

Lena kroch es kalt den Rücken hinunter. »Du lieber

Gott! Und wir wissen doch keine Adresse von ihr. Sonst könnten wir ihr das Geld doch schicken!«

Bertold Dobler ließ sich auf einen Stuhl fallen.

»Sie braucht mich ganz bestimmt – ich fühl's!«

Er starrte eine Weile vor sich hin, dann sprang er auf: »Weißt du, was ich tue, Lena. Ich fahr nach Hamburg und suche sie dort. Auf dem Einwohnermeldeamt muss sie doch vermerkt sein. Dort kann ich ihre Adresse bestimmt erfahren, und dann werde ich Klara mit nach Hause bringen!«

»Das – das willst du tun?«

Bertold Dobler nickte entschlossen, und plötzlich trat ein Leuchten in seinen Augen. »Vielleicht wird doch noch alles gut, Lena, vielleicht ...«

Er verließ die Küche, und sie trat ans Fenster und schaute ihm nach.

Zwei Tage danach, als Lena auf der Hausbank saß, sah sie Ulrich Wiesböck kommen. Das Herz schlug ihr plötzlich bis zum Hals hinauf.

»Beim Wirt ist am Samstag Frühlingstanz«, sagte er. »Kommst du mit?«

Lena starrte ihn an. Es war wie vor Jahren. Sein Gesicht war wohl älter geworden, und in den Augenwinkeln hatten sich sogar schon ein paar ganz feine Fältchen eingenistet, aber es war trotzdem das gleiche, vertraute Gesicht.

»Ja, gern«, erwiderte sie leise.

»Dann hol ich dich ab.«

Und als der Samstagabend kam, stand er in seinem schmucken Trachtenanzug vor ihr. Sein breites, gutmütiges Gesicht war wie damals, seine Augen strahlten, und wie damals drang die Wärme, die von ihnen ausging, bis in Lenas Herz hinein.

Der Saal war voll wie immer. Aber an einem der Tische konnten sie sich noch zu den anderen Gästen zwängen. Bald darauf standen sie schon auf der Tanzfläche.

»Es ist schön, mit dir zu tanzen, Ulrich«, sagte Lena, und dann fiel ihr ein, dass sie auch schon früher genau dieselben Worte zu ihm gesagt hatte.

»Ich kann mich erinnern«, meinte er, »dass du das schon einmal zu mir gesagt hast. Und ich kann's nur erwidern, Lena.« Er drückte sie fester an sich.

Sie sah Ulrichs Gesicht. Die anderen Paare schwebten verschwommen wie Schemen an ihr vorüber. Sie fühlte, wie langsam Düsternis und Schmerz der vergangenen Jahre von ihr wichen und Glück und Seligkeit wiederkehrten.

Und als dann die große Pause kam, verließen sie den Tanzsaal. In den Kastanienbäumen flüsterte der Wind. Die Nacht war vom weißlichen Licht des Vollmonds erhellt. Lena fühlte Ulrichs Arm auf ihrer Schulter und den zärtlichen Druck seiner Hand. Und dann, irgendwo im schwarzen Schatten eines Baumes, blieb er stehen und nahm sie in seine Arme. Und Lena war es, als wären sie nie getrennt gewesen. Duft von Gras war um sie beide, Duft von jungen Blättern, Sternengeflimmer und ein sanfter, samtener Wind.

»Nun können wir Hochzeit halten, Lena«, sagte Ulrich in die Stille hinein. »Willst du mich überhaupt noch haben?«

»Oh, Ulrich!« Sie legte ihren Kopf an seine Brust und schloss die Augen. Hatte sie nicht einmal geglaubt,

Glück und Liebe für immer verloren zu haben? Das Schicksal hatte es ihr wieder zurückgebracht. Im tiefen Einatmen spürte sie, wie müde sie war. Ulrich streichelte ihre Schultern.

»Du zitterst ja«, sagte er leise.

»Ist's ein Wunder – nach all den Jahren?«

Seine Hand glitt zärtlich über ihre Wangen.

Es ist lange, lange her. Viele Monde sind gewachsen und wieder vergangen, Jahre über die Gipfel gezogen, Liebe gekommen und Hass, Hoffnung und Schmerz. Alles ist verweht vom Wind der Zeit, doch hie und da blieb ein Hauch von Erinnerung zurück. Erinnerung – süß wie Heckenrosenduft in einer warmen Juninacht, bitter wie ein Pfirsichkern.

Über ihrer aller Gräber weht der Wind. Er kost im Frühling die zarten Blüten und zerpflückt sie im Herbst. Und wenn die Sonne untergeht, dann ist es wie ein Flüstern auf dem Kirchhof; dann finden sie zusammen und erzählen sich die Geschichten von Liebe, Enttäuschung und Schmerz.

Nur einer ist immer noch am Leben: der alte Pfarrer Markus Egger. Und es ist, als könne er nicht sterben, wo er es so lange schon möchte, als wolle Gott ihn gar nicht haben. Süßer Duft von Harz und Nadeln in einer warmen Frühsommernacht – vage Erinnerung, sie lässt ihn nicht los.